文庫

〈トニ・モリスン・セレクション〉

スーラ

トニ・モリスン

大社淑子訳

epi

早川書房

6526

SULA
by
Toni Morrison

Translated by
Yoshiko Okoso
Published 2009 in Japan by
HAYAKAWA PUBLISHING, INC.
This book is published in Japan by
arrangement with
INTERNATIONAL CREATIVE MANAGEMENT, INC.
through TUTTLE-MORI AGENCY, INC., TOKYO.

ある人があなたのもとを去るずっと前に
その人の不在をさびしく思うことがあっても
まったく幸運だと思わねばならない。
この本はフォードとスレイドに捧げる。
二人はまだ永久にわたしのもとを去ったわけではないが、
わたしは彼らの不在をさびしく思っているのだから。

この世に咲くわたしのバラ
わたしのほかに知る人はない……
すばらしい幸せをわたしは知りすぎたの
世間の人は、あれほどの幸せを
知ってる人があると思いたくないのよ
——『バラのいれずみ』

スーラ

第一部

その場所、つまり、白人たちがメダリオン市営ゴルフコース用の敷地を作るために、イヌホウズキやクロイチゴの茂みを根こそぎ引き抜いてしまったところには、かつて一つの集落があった。それは、谷間の町メダリオンを見下ろす丘にあって、川までずっと続いていた。今では郊外と呼ばれているが、黒人たちが住んでいた頃はボトムと呼ばれていた。ブナやカシやカエデやクリの木などが蔭《かげ》を落とす一本の道が、そこと谷間の町をつないでいる。今ではブナの木立はなくなり、子供たちがのぼって、満開の花越しに通行人に向かって大声で呼びかけていたナシの木もない。メダリオンの町からゴルフコースにのぼる道に散在する何もかも剝ぎとられ、色あせた建物を取りこわすため、潤沢な資金が割りあてられている。白人たちは、タイム・アンド・ア・ハーフ・プール・ホール（玉突き場の一種）も完全に取りこわしてしまうつもりだ。そこではかつて、先の長いタン皮色の靴をはいた足が、まっすぐ椅子《いす》の桟《さん》から下に垂れていたものだ。鋼鉄製の球が、アイリーンの美容院を木《こ》っ端《ぱ》みじんに打ち砕こうとしている。昔そこでは女たちが浅い流しにあおむけに頭をのせ、アイリーンがヌー・ナイル・オイルを泡立てて髪を洗ってやる間、うつらうつらしていたものだ。カーキ色の作業服の男たちが、てこを使って〈リーバのグリル〉の板石を取り外すだろう。そこの女主人はいつも帽子をかぶって料理を作っていた。帽子がないと、料理の材料を覚えていられないからだった。

ボトムにつながりのあるものは何もなくなってしまうだろう（川にかかっていた歩道橋は、すでにない）。しかし、たぶんそれでよいのだろう。とにかく、そこは町と呼べるようなところではなかったのだから。ただの集落で、静かな日など、谷間の家に住む白人たちは、ときおりそこで歌われる歌声を、またほかのときにはそこで奏《かな》でられるバンジョーの調《しら》べを聞くことができた。さらに、谷間の町の白人が——家賃や保険の掛金の集金など——たまたま用があってこの丘にのぼってくるようなことがあれば、花柄の服を着た黒人の女が、陽気なハーモニカの曲にあわせて、ほんの少しケーキウォーク（米国の黒人の歩き方の競技で、そのうちもっとも優雅な歩き方をした組が賞品にケーキをもらう）をしたり、少しばかり尻ふりダンスをしたり、ちょっとだけ浮かれさわぎをしているさまが目にとまったかもしれない。彼女の裸の足がサフラン色のほこりを舞いたたせ、そのほこりは、一生懸命ハーモニカを吹いている男のカバロール（服の上から着る上下一続きの作業服）や、底豆《そこまめ》が大きくなって裂けた靴の上にうっすらととまるのだった。彼女を眺めていた黒人たちは、笑ってひざをこすりあわせる。谷間の白人は、その笑い声を聞いても、黒人たちのまぶたの下や、頭に巻いたぼろ布、柔らかいフェルト帽子の下や、手のひらや、すりきれた襟《えり》の折り返しのうしろや、カーヴしたふくらはぎのどこかにひそむ、年を重ねた人にしかわからない痛みには、たいてい気づかない。それに気づくには、大聖マタイ教会の奥の方に立ち、黒人テナー歌手の絹のような声にすっぽり包まれてしまうか、または、木彫りスプーンの細工師（八年間仕事をしていなかったのだが）のざらざらの手に触れて、木の上で踊っている指が自分の皮膚に軽く触れるのを感じとらねばならない。そうでなければ、笑いが苦痛の一部であっても苦痛はわからずじまいになってしまう。

ふざけながら、ひざを叩き、目に涙を浮かべた笑い。どういうふうにして彼らがそこに住みつくようになったかを述べ、説明することさえできる笑い。

ジョーク。ニガーのジョークだ。それがこの集落の起こりだった。もちろん、町ではなくて、黒人たちが住んでいた町の一部、丘の上にあったにもかかわらず、みんながボトムと呼んだ一部。それはただのニガーのジョークから生まれた。工場が閉鎖され、どこかにちょっとした気休めを求めていたとき白人たちが話すジョーク。雨が降らなかったり、または何週間も降りつづき、どこかにちょっとした気休めを求めていたときに、黒人たちが話しあうジョーク。

ある善良な白人の農夫が、奴隷に向かって、このとてもむずかしい小仕事を全部やりとげたら、おまえを自由にしてボトム（底《どん》）の土地を少しばかりやろうと約束した。奴隷は仕事をやり終えて、約束を果たしてくれと農夫に要求した。彼を自由にするのは簡単だった——農夫は、それには何の異存もなかった。しかし、土地は手ばなしたくなかった。そこで、残念だが谷間の土地はやれないと奴隷に言った。わたしは、ボトムの土地を少しやろうと思っていたんだ。奴隷はまばたきをして、谷間の土地がボトムの土地じゃないですか、と言った。主人はこう答えた。「いや、ちがう。あの丘が見えるか？　あれがボトムの土地さ、ゆたかで肥沃《ひよく》なんだ」

「だが、あれは高い丘の上にありますぜ」と奴隷が言った。

「わしのところから見れば、高い上のほうさ」と主人が言った。「だが、神様が下界を見下ろされるときには、ボトムになる。そういうわけで、わしはあそこをそう呼んでいる。あそこは天のボトムで——最上の土地なんだよ」

そこで奴隷は、そこでもいいから土地を少しくれと、主人にせがんだ。彼は、谷間よりそこのほうが気に入った。こうして約束は果たされた。そのニガーは丘の土地を手に入れたが、植えつけには、ものすごく骨が折れた。そこでは、土はすべりおち、種は洗い流され、冬の間中風が吹き荒れていたからだ。

こういうわけで、オハイオ州の小さな川辺の町では、白人が肥沃な谷底に住み、黒人が上の丘に住んで、毎日文字通り白人たちを見くだすことができるという事実に、わずかばかりの慰めを見出すようになったのだ。

それでも、上のボトムに住むのは楽しかった。町が大きくなり、農場が村に変わり、村が町になり、進歩のおかげでメダリオンの道路がタイヤの摩擦で熱し、ほこりっぽくなったあとでは、ボトムの丸太小屋をおおうっそうとした樹木は、見るからにすばらしかった。そして、ときおり、そこに行く狩人《かりうど》たちは、結局、白人の農夫のほうが正しかったのではないかとひそかに考える。そこは本当に天のボトムだったのかもしれない。

黒人たちは、こういう考えに同意はしないだろう。だが、そんなことを考えている暇はなかった。地上の出来事にすっかり気を取られていたからだ——お互いのことに気を取られ、一九二〇年という昔でさえ、シャドラックはいったい何をしているのか、彼らの町で女に成長したあの小さな女の子のスーラは何をしているのか、そして、そこのボトムに押しこめられた自分たちは何をしているのか、と考えていたからだ。

1919

第二次大戦を除けば、全国自殺記念日のお祭りを妨げるものは、これまで何もなかった。それは、一九二〇年以来、毎年一月三日に行なわれる。もっとも何年もの間、この日を祝ってきたのは、記念日の生みの親のシャドラックだけだったが。一九一七年の戦闘で一生なおらないほどの衝撃と砲撃を受け、彼は、ハンサムながら廃人《はいじん》にひとしいありさまで、メダリオンに帰ってきた。それで、この町のいちばん気むずかしい人々でさえ、ときおり、数年前に出征する前、彼はどんな様子だったのかと考えてしまう。まだ二十歳になるやならずの青年で、頭のなかはからっぽ、くちびるだけがしきりに口紅の味を思い出していたシャドラックは、一九一七年の十二月、仲間といっしょにフランスの戦場を走っていた。彼が敵軍に出あったのはそれがはじめてで、自分の中隊が敵に向かって走っているのか、敵から逃げ出しているのかもわからなかった。数日間、中隊はふちのほうが凍った小川に沿って行進を続けており、ある地点で、川を渡った。すると、彼らが対岸に着くが早いか、その日は怒号《どごう》と爆発の修羅場と化した。砲火がまわり一面に炸裂《さくれつ》する。彼にはこれがあれと呼ばれるものだということがわかったが、それにふさわしい感情——あれにぴったりする感情——をふるい起こすことはできなかった。彼は、恐怖におそわれるとか、気分が高《こう》揚《よう》するだろう——何か非常に強い感情が湧いてくるだろう——と思っていた。だが実は、編み上げ靴に出ている釘《くぎ》の痛さを感じただけだった。釘は、足を踏みしめるたびに、足裏のふくらんだ部分を突き刺した。その日はひどく寒い日で、吐く息がはっきり見えた。それで彼は、一瞬、まわりの汚い灰色の爆発のなかで自分の息が真っ白く清らかに見えることに驚いた。彼は銃剣をかまえ、飛ぶように走ってゆく男たちの大きな流れに深くはまりこんで、戦場を走っていたが、足の痛みにひるみ、頭をほんの少し右に向けた。そのとたん、すぐそばの兵隊の顔が吹きとぶのを見た。頭がその衝撃を記録することもできないうちに、兵隊の頭の残りの部分は、さかさになってスープボウルのように見える鉄かぶとの下に見えなくなった。しかし、脳からの命令が来なくなったので、頭のない兵士のからだはがんこに走りつづけた。勇ましく、元気に、脳みそが背中にしたたり、すべり落ちてゆくのを、まったく無視したまま。

シャドラックが目を開けたとき、彼は小さなベッドのなかで、背中を支えてもらって半身を起こしていた。前のトレイの上には、三つの三角形に分けられた大きなブリキの皿がのっている。一つの三角形には米が、別の三角形には肉が、三番目にはとろ火で煮たトマトが入っていた。小さな丸いへこみには、白っぽい液体の入ったカップがはめこんである。シャドラックは、これらの三角形をみたしている柔らかい色をじっと見つめた。でこぼこした米の固まりの白さ、震えているトマトの血の色、灰色がかった茶褐色の肉。こうしたすべての忌《い》まわしい色が、小ぎれいに釣合いよく三角形のなかにおさまっていた——その釣合いのよさが心を和《やわ》らげ、安定感をいくぶんか彼の気持ちに移しかえてくれた。こうして、白と赤と茶色は今おさまっているところを動かず、その制限地域から爆発したり、破れ出たりはしないということを保障してくれた。すると彼は急に空腹をおぼえ、自分の手を探した。彼の視線は、最初用心深く動いた。とても慎重にしなければならなかったからだ。どんなことが、どんなところで起こるかもわからなかったから。そのとき彼は、ベージュ色の毛布の下の腰の両側に二つの固まりがあるのに気がついた。非常に用心深く彼は一方の腕をあげ、手が手首にくっついているのを見てほっとした。それから、もう一方の腕をあげ、そこにも手がついているのがわかった。ゆっくり、彼は一方の手をカップのほうに差し出した。すると、ちょうど彼が指をひろげようとしたとたん、ジャックの豆の木のように、指は、トレイやベッドの上いちめんにめちゃくちゃに大きくなりはじめた。甲高い叫び声をあげて彼は両眼を閉じ、だんだん巨大になってゆく両手を毛布の下に突っこんだ。いったん視野から消えてしまうと、手は縮んでふつうの大きさにもどるように思われた。しかし、叫び声をあげたので、男の看護人がやってきた。

「兵隊さん？　今日はもう面倒なことは起こさないんでしょうね？　兵隊さん？」

シャドラックは目をあげて、緑色の木綿の上着とズボンを身につけた禿《は》げかかった男を見た。男の髪は右側の低いところで分けられていたので、約二、三十本の黄色い髪の毛が、頭の禿げた部分を用心深くかくしている。

「さあさあ。そのスプーンを拾いなさいよ。拾いなさいったら、兵隊さん。誰も永久にあなたに食べさせてあげるわけにはいかないんですからね」

汗がシャドラックの腋《わき》の下から脇腹に流れ落ちた。彼は手がもう一度大きくなるさまを見ることには耐えられなかったし、また、青リンゴ色の服を着た男の声がこわかった。

「拾いなさいって、わたしは言ったんですよ。こんなことをしたって何の役にも立たないんだが……」看護人は、毛布の下のシャドラックの手首のほうに手をのばして、その化物のような手を引っぱり出そうとした。シャドラックはぐいと手を引き戻し、トレイをひっくり返した。恐怖のあまり彼はひざまでからだを起こし、自分の恐ろしい指を振り払い、振りすててしまおうとした。しかしただ、看護人を隣のベッドに打ち倒しただけだった。

人々がシャドラックを拘束服《こうそくふく》に閉じこめたとき、彼はほっとして、同時にありがたいと思った。両手がついにかくされ、どんな大きさになっていようと、それだけの大きさに押さえられたからだった。

小さなベッドに縛りつけられ、黙ったまま彼は心のなかで弛んだ紐《ひも》を結び直そうとした。

彼はまず自分の顔が見たいと思い、それからその顔と「兵隊さん《プライヴェイト》」という言葉――看護人(と彼を縛りつける手助けをしたほかの人々)が、彼を呼んだ言葉――とを結びつけようと必死になった。「プライヴェイト」という言葉は、何か秘密めいたものを表わすはずだと彼は思った。だから、どうして人々が自分の顔を見て、自分のことを秘密と呼ぶのか、ふしぎだった。それでもなお、もし両手がさっきのようにふるまうのなら、顔からは何を期待したらいいのか。恐れとあこがれがあまりに大きくなって手にあまったので、彼はほかのことを考えはじめた。つまり、心が選びだしたものなら、どんな記憶の洞穴の入り口であろうと、自分の心がそのなかにすべりこんで行くままにした。

川に面したひとつの窓が見えたが、その川には魚がいっぱいいるということを、彼は知っていた。誰かがドアのすぐ外側で、小声で話していた……

さきのシャドラックの暴力行為とほぼ同じ時期に、精神病隔離病棟内の患者の配分について病院の経営者が書いた覚え書きがまわってきた。スペースが必要なことは明らかだった。優先権があったためか、または暴力をふるったためか、シャドラックは退院させられることになった。現金二百十七ドルと、一そろいの服と、見るからに公文書らしい書類の写しをもらって。

彼が病院のドアから外に足を踏み出したとき、目の前の大地が彼を圧倒した。短く刈りこんだ灌木《かんぼく》、ふちどりをした芝生、まっすぐな小道。シャドラックは、セメントで固めたまっすぐな道を見つめた。一つ一つの道がはっきりと、おそらくどこか望ましい目的地へ通じているらしい。コンクリートの道と緑色の芝生の間には、垣根もなければ注意書きもなく、両者をへだてる障害物は何もない。それで誰でもやすやすと、きれいにのびた石の道を無視して、別の方向に——つまり、自分の好きな方向に脱線していくことができた。

シャドラックは、病院の石段を降りたところに立って、悲しげに、だが、無害に風に揺れている木々の梢《こずえ》を眺めた。というのも、木の幹《みき》があまりに深く土のなかに根をはっていたので、怖くはなかったからだ。ただ小道だけが彼を不安にした。彼はからだの重心を移しかえて、どうすればコンクリートの上を踏まないで門のところに行き着くことができるかを考えた。どの道を行ったらいいか——どこで跳《と》ばねばならないか、どこで灌木の茂みのふちを通らねばならないか——思いめぐらしているとき、大声のばか笑いが聞こえて、びっくりした。二人の男が石段をのぼってくるところだった。それから彼は、まわりにたくさんの人々がいること、たったいま彼らの姿が目に入ったこと、そうでなければ彼らがたったいま肉体を備えた姿で現われてきたのだ、ということに気がついた。彼らはうすっぺらな細長い紙切れみたいで、散歩道にひらひら舞っている紙の人形に似ている。車椅子にすわって、別の紙人形にうしろから押してもらっているものもいた。誰も彼も煙草《たばこ》をすっているように見え、彼らの腕や脚は、そよ風に吹かれてたわんでいる。かなり強い風なら彼らをひっぱりあげて、吹きとばし、たぶん木々のてっぺんにとまらせるだろう。

シャドラックは、思いきって飛び出した。四歩歩くと、もう門のほうに向いた芝生の上にいた。彼は、あちこちで道からそれたり、かがみこんだりしている紙人形と顔をあわせるのを避けようとして下ばかり向いていたので、道がわからなくなった。顔をあげると、屋根つきの連絡用通路で母屋の建物からへだてられた背の低い赤い建物のそばに立っていた。どこからかやや甘い匂いが漂ってきて、それが何か痛ましいものを思い出させた。彼は、門はどこにあるのだろうとまわりを見まわした。すると、自分が芝生の上をややこしく歩いていた間に、門からまっすぐ反対の方向に来ていることがわかった。低い建物のちょうど左側に砂利を敷いた車道があって、それが病院の敷地の外側に通じているように見える。彼はすばやく小走りでそちらへ歩いてゆき、ついに一年以上滞在した避難所をあとにした。彼が完全におぼえているのは、滞在期間中のわずか八日だけだった。

ひとたび道路上に出ると、彼は西に向かった。病院生活が長かったため、体が弱っていた——あんまり弱っていたので、砂利を敷いた道路の路肩《ろかた》をまともに歩いてゆくことができなかった。足をひきずって歩いているうちに目まいがしてきた。それで、立ち止まって息をつき、汗をかいてよろめきながらまた歩きはじめた。だが、自分の手を見るのがまだこわかったので、こめかみの汗をふこうとはしなかった。黒い四角な車に乗っていた人々は、彼が酔っぱらっていると思いこんで、見向きもしなかった。

彼が町にたどりついたとき、太陽はすでに頭の真上にあった。蔭になった通りを数ブロック歩いてゆくと、すでに町の中心地——きれいで、ゆったりと整えられた下町——に入っていた。

疲れはて、足は痛さのあまり動かない。仕方なく彼は歩道の縁石に腰をおろして、靴を脱ごうとした。自分の手を見ないように目をつむり、重くて深い編上げ靴の紐を手探りする。看護人が、子供に結んでやるときのように靴の紐を二重結びにしていた。長い間こみいったものの扱いには不慣れになっていたので、シャドラックは、紐をゆるめることができなかった。指がうまく使えず、爪が結び目に引っかかって剝《は》がれた。彼はだんだん高じてくるヒステリーと戦ったが、痛む足をどうしても自由にしたいという気持ちからいらだっているだけでなく、生命そのものが結び目を解くことにかかっていた。突然彼は、目を閉じたまま泣きはじめた。二十二歳で、体は弱り、暑く、おじけづき、自分は誰なのか、何の職に就いているのかさえわからないという事実を認める勇気もなく……過去もなく、言葉も知らず、家族も出身もわからず、住所録も、櫛《くし》も、鉛筆も、時計ももたず、ハンカチもなく、敷物も、ベッドも、缶切りも、色あせた葉書も、石けんも、鍵も、刻《きざ》み煙草入れもなく、汚れた下着も持たず、やらねばならぬ仕事は何も、何も、何一つなく……たった一つのことだけ、どうしようもない異形《いぎょう》の手があるということだけが、たしかだった。彼は、小さな中西部の町の縁石にすわって、あの窓、あの川、ドアのすぐ外側の低い話し声はどこにあるのだろうと考えながら、声も立てずに泣いた。

彼は涙越しに、自分の指が最初はおずおずと、それから急速に、靴の紐をほどきにかかっているのを見た。両手の四本の指がとけあって一つのものとなり、もつれあい、小さな紐通しの穴をジグザグに出たり入ったりした。

警察の車がやってくるまで、シャドラックは目のくらむような激しい頭痛に悩まされていた。警官が、靴紐と永遠にからまりあったような気がする両手を引き離してくれたとき、彼は心からほっとしたが、頭痛は少しもよくならない。警官は彼を留置場につれてゆき、浮浪と酩酊《めいてい》のかどで彼の名を調書に書きこみ、独房に閉じこめた。寝台の上に横たわって、シャドラックは、ただぼんやりと壁をにらんでいることしかできなかった。頭のなかの痛みが、何もかも麻痺《まひ》させてしまうほどひどかったからだ。彼は長い間、こうした苦しみにさいなまれながら、横たわっていた。それから自分が、ペンキでいちめんになぐり書きされた〈くたばってしまえ〉という文句を見つめていることがわかった。頭のなかの痛みがおさまってきたので、彼はその文句についてじっと考えた。

窓の下の薄暗がりにしのびこんでくる月光のように、一つの考えが心のなかに入りこんだ。それは、自分の顔を見たいという前からの欲望だった。彼は鏡を探したが、そんなものはなかった。最後に彼は、注意深く両手を背後にまわして便器の前に行き、なかをのぞきこんだ。しかしそこの水はふぞろいにちらちら光る陽光に照らされていたので、何も見分けられなかった。そこで彼は、寝台にもどり、毛布をとって頭にかけ、自分の姿が映るほど水面を暗くした。すると、便器の水のなかに、いかめしい黒い顔が見えた。黒い肌はあまりにも決定的で、あまりにも明白だったので、彼は仰天した。自分が本当の自分ではないのではないか——自分は全然存在していないのではないかという臆病な不安を抱きつづけていたからだ。しかし、肌の黒さが争う余地のない確かさで彼を迎えたとき、彼はもうそれ以上は望まなかった。喜びのあまり、毛布の一方の端をずり落として、自分の両手を見るという危険をおかした。両手はじっとしている。礼儀正しくじっとしている。

シャドラックは立ち上がって、寝台へもどった。そこで彼は、新生活の最初の眠りに落ちた。病院の催眠薬による眠りより深く、スモモの種より深く、コンドルの翼よりがっちりした眠り、卵の曲線よりもおだやかな眠りに。

保安官が、鉄格子の間から髪をくしゃくしゃにした若者を見た。彼は、四人の書類に目を通し、一人の農夫を呼んだ。シャドラックが目をさましたとき、保安官は彼に書類を返し、荷馬車のうしろまでつきそって行った。シャドラックは荷馬車に乗りこみ、三時間もたたぬうちにメダリオンに帰っていた。彼は、なつかしいあの窓、あの川、あの耳に残ったドアのすぐ外の低い話し声からわずか二十二マイルのところにいたからだ。

荷馬車のうしろで、カボチャの袋や小山のように積みあげられたペポカボチャによりかかって、シャドラックはその後十二日間続いた心の戦い、いってみれば経験を秩序立て、それに焦点をあわせる戦いを始めた。恐怖を統御する手段として、恐怖の居場所を作ってやればいいのではなかろうか。彼は死のにおいをかぎ、それにおびえていた。死を予期することができなかったからだ。彼が恐れたのは、死でも死ぬことでもなく、その両者がふいにおそってくることだった。こうしたことをみんな整理しているうちに、もし一年のうち一日をそれに捧げるとすれば、すべての人が死を遠ざけることができ、一年の残りの日日は安泰で自由になるだろうという考えが浮かんだ。このようにして彼は、全国自殺記念日を創始した。

新しい年の三日目に、彼は、カウベルと絞首吏の首吊り縄をもって、人々を呼び集めながら、ボトムのカーペンターズ・ロードを歩いて行った。今日は、自殺したりお互いに殺しあったりする唯一の機会なのだと人々に告げながら。

最初、町の人々はこわがった。彼らはシャドラックの頭がおかしいことは知っていたが、だからといって、それは、彼がまったく分別を失っているとか、または、それ以上に重要なことだが、彼には腕力がない、ということとは違う。眼は凶暴で、髪はひどく長くもつれあい、声にはおそろしく威厳があって雷のようにとどろいたので、一九二〇年の最初の記念日、すなわち、全国自殺記念日創始の日、彼は恐怖をひき起こした。翌一九二一年の記念日には、恐怖は少し減ったが、不安は変わらなかった。人々は今では、この二つの記念日にはさまれた一年間、シャドラックの姿を見ていた。彼は川岸の丸太小屋に住んでいたが、その小屋はかつて、とうの昔に死んでしまった祖父のものだった。火曜と金曜には、その日の朝捕まえた魚を売り、週の残りの日々は酔っ払って、大声でわいせつなことをどなり、こっけいで突拍子もないことをする。しかし、けっして人に触れようとはしなかったし、一度も喧嘩したことはなく、女を抱いたこともない。人々はひとたび彼の狂気の限界と性質がわかってくると、いわばいろんな物事の仕組みのなかに彼をはめこむことができた。

それで、その後の全国自殺記念日には、彼がベルを鳴らしていると、大人たちはカーテンの蔭から外を眺めた。数人の浮浪者が足を早め、小さな子供たちは叫び声をあげて走った。にきび面の若者たちが棒やなにかで彼を突つこうとしたが（彼はその連中よりわずか四、五歳年長だっただけだ）長くは続かなかった。彼の悪態がそれぞれの身にこたえるほど辛辣《しんらつ》だったからだ。

時がたつにつれ、ボトムの人々は、こうした一月三日のできごとに前ほど注意しなくなった。あるいは、注意しなくなったと考えた。つまり、毎年のシャドラックのひとりぼっちの行進に、いかなる感情ももたずいかなる態度も取るまいと考えたのだろう。だが実は、その休日を話題にするのをやめただけだった。彼らは、その件を自分たちの思想や、言葉や、生活のなかに吸収してしまったからだ。

ある人が友達に向かって次のように言った。「あんた、ほんとにあの子を産むのに長いことかかったわね。どのくらい、陣痛が続いたの？」するど、その友達はこう答える。「だいたい三日ね。自殺記念日に痛みが始まって、次の日曜日まで続いたから。日曜に生まれたの。わたしの息子はみんな日曜生まれなの」ある恋人が、未来の花嫁に向かって言った。「お正月の前じゃなくて、お正月のあとにしようよ。ぼく、大晦日《おおみそか》に給料をもらうからさ」すると、恋人は答える。「オーケー。でも、自殺記念日にならないよう気をつけてね。結婚式が行なわれている最中に、カウベルの音を聞くなんて、ごめんだから」

誰かの祖母が、うちのめんどりはいつも自殺記念日のすぐあと、黄身が二つある卵を生みはじめるんだよ、と言った。

それからディール牧師がこの問題を取りあげ、シャドラックの呼びかけを避け得るほど自分に分別があると自慢する人は、死ぬほど酒を飲むとか、死ぬほど女遊びをすることがだいじだと主張する人と同じだと言った。「わたしたちがシャドと仲よく暮らし、小羊から贖《あがな》いの労苦が省かれますように」

このようにして、いつのまにか、やすやすと自殺記念日は、オハイオ州メダリオンのボトムの生活の一部になった。

1920

サンダウン・ハウスからは、できるだけ離れたところでなければならなかった。そして、メダリオンと呼ばれる北方の町に住んでいた祖母の甥に当たる中年の男のおかげで、エレーヌは、確実にそれだけ離れているところに住むことができるようになった。十六年間というもの、赤いよろい戸が、エレーヌ・サバトと彼女の祖母につきまとって、二人を悩ませていた。エレーヌはそのよろい戸のうしろで、娼婦として働いていたクリオール人の娘として生まれた。祖母がサンダウン・ハウスの柔らかい照明と花柄のカーペットからエレーヌを連れ去り、さまざまな色に塗られた聖母マリヤの憂いに沈んだ眼差《まなざ》しの下で、彼女を育てあげた。祖母は、どんなにささやかなしるしであろうと母親の淫蕩《いんとう》な血にはくれぐれも注意するように、たえず彼女に言い聞かせてきた。

それで、ワイリー・ライトがニュー・オーリンズに住む大叔母セシルを訪ねてきたとき、彼はかわいいエレーヌにたちまち魅了《みりょう》され——二人の女にせがまれたこともあって——結婚の申しこみをした。彼は海の男で（むしろ湖の男と言ったほうがいいかもしれない。五大湖航路の一路線を往復する船のコックだったからだ)、十六日のうちわずか三日間だけ陸《おか》にあがった。

彼は花嫁をメダリオンの自分の家へ連れてかえり、ポーチには煉瓦《れんが》が敷きつめられ、窓には本物のレースのカーテンがかかったすてきな家に住まわせた。彼が長い間留守にしても、エレーヌ・ライトはさほど苦にしなかった。とりわけ、結婚後約九年たって娘が生まれてからは、一度もつらいとは思わなかった。

娘は、この世にエレーヌが期待していた以上の慰《なぐさ》めと生き甲斐《がい》を与えてくれた。エレーヌは立派に母親としてのつとめを果たした——心の奥底で、娘が自分の非常な美貌を受け継いでいないこと、娘の皮膚が浅黒いこと、まつ毛はびっしり生えているが威厳がなくはない長さであること、ワイリーの幅広《はばひろ》で平べったい鼻(エレーヌは、それが多少ましになってくれるのではないかと期待していたのだが)と分厚いくちびるを受け継いでいることを感謝しながら。

エレーヌの手もとで、娘は素直で礼儀正しい子に育っていった。しかしこの母親は、かわいいネルが見せる熱情をことごとくさましてしまい、ついに、娘の想像力をすべて地下に追いこんだ。

エレーヌ・ライトは、人に強い印象を与える女だった。少なくとも、メダリオンではそうだった。ゆたかな髪を束髪《そくはつ》にして、黒い眼は、他人の礼儀作法について何か言いたげに、いつも弧を描いている。自分の権威はあくまで正しいという確信を抱いて、あらゆる社交上の戦いを堂々と勝ちぬいてきた女。その頃メダリオンにはカトリック教会がなかったので、彼女はもっとも保守的な黒人教会の一員となり、そこを支配するようになった。教会に誰かが遅れて入ってきても、けっしてそのほうを見ようとしなかったのはエレーヌだったし、祭壇に季節の花を飾る習慣を作りあげたのもエレーヌ、復員してくる黒人の退役兵士に歓迎の宴《うたげ》を催《もよお》すならわしを始めたのもエレーヌだった。彼女が敗けたのはたった一つの戦い――自分の名前の発音――だけだった。ボトムの人々は、エレーヌと呼ぼうとしなかった。彼らは、エレーヌをヘレン・ライトと呼び、それを変えようとしなかったからだ。

全体として考えれば、彼女の生活は満足のいくものだった。彼女は家を愛し、娘と夫をうまくあやつることが楽しかった。そして、ときどき眠りにおちる前に、わたし、本当にサンダウン・ハウスからまったく遠いところに来てしまったわ、と考えてため息をついた。

そういうわけで、祖母の病気の様子を知らせて、すぐ出て来たらどうかとほのめかすヘンリ・マーティン氏からの手紙を、ひどく入りまじった感情をおぼえながら読んだ。実は行きたくなかったのだが、かつて自分を救い出してくれた祖母の無言の願いを無視する気にもなれないのだった。

それは十一月だった。一九二〇年の十一月。メダリオンですら、白人たちの脚は勝利者の威張った歩きぶりを示しており、黒人の復員兵たちの眼にさえ多少の興奮の色が見られた。

エレーヌは、南部への旅行を考えて重苦しい不安をおぼえたが、自分にはもっともよく自分を守ってくれるもの、身についた礼儀作法と態度があるではないかと、心を決めた。この二つの長所に美しい服をつけ加えることにしよう。彼女は濃褐色のウールを少しと、それによく合うベルベットの布地を四分の三ヤード買った。そして、この布で自分用に、ベルベットの襟《えり》とポケットがついた、重々しい感じはするものの優雅な服を作った。

ネルは、母親が新聞紙から服の型紙を切り抜き、雑誌に載ったモデルから自分の両手へすばやく視線を動かすのを見た。また、母親が夜ふけまで縫いものをするため、夕暮れには石油ランプのあかりが強くなるよう芯の調整をするのを見た。

二人の支度が整った日、エレーヌは燻製《くんせい》のハムの料理を作り、夫が予定より早く入港したときのことを考えて、湖上を航行中の夫あての置手紙を残し、頭を高くもたげ、荷物で両手をこわばらせ、娘の先に立って停車場まで歩いて行った。

二人は、エレーヌの記憶にあるよりずっと長いこと歩かねばならなかった。駅の角を曲がったとき、汽車がちょうど蒸気を吹きあげているのが見えた。それで二人は、黒人のポーターが指さしてくれた車輌を探しながら、プラットフォームの上を走った。だがここでも、失敗した。エレーヌと娘が乗りこむと、その車輌には二十人ばかりの白人の男女が乗っていたからだ。引き返して、もう一度木の階段を三段降りるかわりに、エレーヌはちょっとばかり間の悪い思いをすることは気にせず、黒人用の車輛に行きつくまでそこを通り抜けようと心を決めた。彼女は荷物を二つと、巾着型のバッグを手にしていた。娘のほうは、ふたつきの弁当用バスケットをさげている。

二人が〈黒人専用〉と書いてあるドアを開けると、白人の車掌がこちらへやってくるのが見えた。それは肌寒い日だったが、彼女と小さな女の子が、閉まらないように必死でドアをおさえ、荷物にしがみつき、いっしょにころがりこむように入ってきたとき、その顔にはにじみ出た汗がかすかに光っていた。車掌は、淡黄色の肌をした女をじろじろ眺めまわし、それから小指を耳の穴に突っこんで軽く動かし、耳垢《みみあか》をほじり出した。「ねえちゃん、いったいそこで何をしているんだね？」

エレーヌは彼を見上げた。

こんなに早く。こんなにも早く。まだ帰郷の旅を始めてさえいないというのに。赤いよろい戸が光っている町の、祖母の家へ帰る旅を始めてさえいないのに。それなのに、彼女はもう「ねえちゃん」と呼ばれたのだ。昔のすべての弱み、なんとなく傷もつ身の昔のすべての恐れが、胃のなかに凝り固まるような気がして、両手が震えてくる。彼女はただその一言を聞いただけだったが、その言葉が、自分のつば広の帽子の上からだらりと垂れ下がっているような感じがした。帽子は、大奮闘をしたおかげで、注意深く平らにかぶっていたのがずり落ちて、今では、ちょっとした小旅行だと言いたげに、片方の目の上で傾《かたむ》いている。

車掌が切符を見せろと言っているのだと思いこみ、彼女は、牛革のスーツケースと麦わらの鞄の両方を下におき、バッグのなかの切符を探した。声には相手の機嫌を損《そこ》ないたくないという熱意と、ごめんなさいと言いたい気持ちがこもっている。「切符は持ってますわ。ちゃあんと、ここのどこかに……」

車掌は、指の爪がほじり出したごくわずかの耳垢を眺めていた。「あんた、うしろのあそこで何をしてたんだ？ 向こうのあの車輛で、いったい何を？」

エレーヌは、くちびるをなめた。「あのう……わたし……」彼女の視線は、白人の車掌の顔を越えて、彼の背後にすわっている乗客のほうへ移っていく。四、五人の黒い顔が、彼女と車掌のやり取りを眺めていたが、そのうちの二人は、いまだにカーキ色の軍服を着、まびさしのある帽子をかぶった兵隊だった。彼女は、彼らの閉ざされた顔と、相手を拒否する眼を見た。それから、同情を求めるように車掌の灰色の眼を見つめた。

「すみません、間違ったんです。標示が出てなかったものですから。わたしはただ、間違った車輛に乗っただけなんです。それだけです」

「この汽車の上じゃ、どんなまちげえも許さんぞ。さあ、あそこへ行って腰かけろ」

車掌はそこに突立ったまま、じろじろ彼女を眺め続けていたので、エレーヌはようやく、脇に寄ってほしいと車掌が考えていることがわかった。それで彼女はネルの手を引き、自分と娘のからだを木製の椅子の前の一フィートばかりの空間に押しこんだ。それから、理由はまったくないのに、少なくとも誰ひとり理解できるだけの理由もなく、たしかに、そのとき、あるいは後になってもネルにわかるような理由は何もないのに、エレーヌはほほえんだ。宿なしの子犬が、ほんの少し前、そこから蹴り出されたばかりだというのに、ほかならぬその肉屋の戸口の側柱に向かって尻尾をふるように、エレーヌは微笑した。サーモンピンクの顔をした車掌に向かって、まぶしいほど、媚《こ》びるように微笑した。

ネルは、母親の美しい歯のきらめきから顔をそむけて、ほかの乗客のほうを見た。二人の黒人の兵士は、これまで無関心な態度でその様子を眺めていたが、今では心が傷ついたように見える。ネルの背後では、はなやかで燃え立つような母親の微笑が輝き、前には、真夜中のように暗い兵士の眼があった。彼女は彼らの顔の筋肉がこわばるのを見た。皮膚の下で、血が大理石に変わってしまうような動き。眼の表情には何の変化もない。眼が母親の愚かしいほほえみが拡がるのを見たとき、たちまちそれをおおった、濡れたような厳しい表情のほかは。

車掌が出て行って、ドアがバタンと閉まると、エレーヌは空席のところまで通路を歩いていった。彼女は一瞬、男たちの誰かが頭上の網棚にスーツケースをのせるのを手伝ってくれないかどうか、まわりを見まわした。誰一人動かない。エレーヌは男たちに背中を向け、騒々しく腰をおろした。ネルはその反対側に、母親と兵士たちの両方に向かいあうようにすわった。だが、母親と兵士たちのどちらも見ることができなかった。ネルはこれらの男たちが、優雅で美しい妻を崇拝していた父親とはちがって、母にたいする憎しみで煮えくりかえっているのを感じとり、嬉しく思うと同時に、恥ずかしかった。その憎しみは、最初はなかったのに、あのあでやかなほほえみといっしょに生まれてきた。汽車が動き出す前の静けさのなかで、ネルはじっと母親の服のひだを見つめ、そこの厚い茶褐色のウールが垂れ下がったところに、眼を釘付けにした。視線を上に向けるという危険をおかすことはできない。服の脇あきのホック止めが外れて、その下にカスタード色の皮膚がのぞいているのを見るのがこわかったからだ。彼女は、服の縁《へム》をじっと見つめて、その重みを信じたいと思ったが、その間中ずっと、それが隠しているのはカスタードにすぎないことを知っていた。もし、背が高く誇らしげなこの女、友だちについては非常にうるさく、たぐいまれな気品を漂《ただよ》わせながらすべるように教会に入ってくるこの女、まなざし一つで港湾労働者を黙らせることができるこの女、もし彼女が本当はカスタードだったとすれば、ネルもまたカスタードにすぎない可能性があった。

ネルが——どんなときでも——用心しようという決心を固めたのは、シンシナティに向かって小刻みに走ってゆくこの汽車の上だった。彼女は、どんな男からもけっしてあんなふうな目つきで見られることはない、真夜中のように暗いどんな目も、大理石に変わってしまったどんな肉体も、自分に声をかけて、ゼリーに変えることはないという確認がほしかった。

二日間、彼女たちは汽車に乗っていた。二日間、みぞれが雨に変わり、雨が紫色の夕焼けに変わるさまを眺め、木製の座席の上でお互いに肩をよせあい(たたんだ外套《がいとう》の上に頭をのせ)、兵士たちのいびきを聞くまいとして、一晩を過ごした。二人が旅行の最後の行程に入るためバーミンガムで汽車を乗り換えたとき、それまでに通過してきたケンタッキー州とテネシー州では、自分たちが大変なぜいたくに恵まれていたことがわかった。その二州では、遠距離列車の休憩所にはかならず黒人専用のトイレがあったからだ。バーミンガム以南には、そうした設備は全然ない。用を足したいという欲求で、エレーヌの顔は引きつってきた。そして、その苦しみがあまりにはげしいものになったので、ついに彼女は、タスカルーサで四人の子供を連れて乗りこんできた黒人の女に、思いきって自分の悩みを打ちあけた。

「どこかお手洗いを使えるところがありますか?」

その女は彼女の顔を見上げたが、質問の意味がわからないようだった。「何のことかね?」女の目は、厚いベルベットの襟、色白の皮膚、調子の高い声に釘付けになった。

「お手洗いを」とエレーヌはくりかえした。それから、ささやき声で、「トイレよ」と言った。

女は窓の外を指さし、それから言った。「ああ、奥さん、あっちだね」

エレーヌは、遠くのほうに公衆便所が見えることをなかば期待して、窓の外を眺めた。しかし、そのかわりに目に入ったのは、もつれあった草の上にのしかかるように生えている灰色がかった緑色の木々だった。「どこ?」

「あっちだよ」とその女は言った。「メリディアンの駅だよ。汽車はもうすぐ停車場に入るからね」それから彼女は、同情するようにほほえんで、訊いた。「あんたにうまくやれるかな?」

エレーヌはうなずき、自分の席にかえって、何かほかのことを考えようとした——いっぱいになった膀胱《ぼうこう》のことばかり考えていたら、そのうちきっと大変なことになってしまうと思ったからだ。

メリディアンにつくと、その女は子供を連れて汽車を降りた。エレーヌが〈黒人専用〉と書いたドアはないかと、小さな田舎の停車場を見まわしている間に、その女は、プラットフォームから遠く離れた側の、丈高い草が茂っている野原のほうへ大股《おおまた》で歩いていった。何人かの白人の男たちが、停車場の前の柵に寄りかかっている。エレーヌが、そうした男たちにたずねようとしなかったのは、爪楊枝《つまようじ》のまわりにからみついた彼らの舌のせいばかりではない。彼女は、例の女にたずねようとまわりを見まわし、草のなかに彼女の頭に巻いた古布の上部だけが目に入ったとき、ようやく「あっち」という言葉の意味が呑みこめた。こうして彼女たちはみんな、その太った女と四人の子供たち——三人の男の子と一人の女の子——そしてエレーヌと娘のネルとは、そこで、午後四時のメリディアンの陽光の下でしゃがんで用を足した。彼女たちはそろってエリスヴィルでそれをふたたびくり返し、ハティズバーグでももう一度同じことをした。そして、レイク・ポンチャトレインからあまり遠くないスライデルに到着したときにはすでに、エレーヌは、太った女に負けないくらいうまく草の葉を寝かせることができるばかりか、こうした町の停車場の屋根の下に、こわれたドーリア式の柱のように立っている男たちの濁《にご》った視線の下を通りすぎるときも、けっして動じないようになっていた。

そのようなわざを習得して浮き浮きしてきた気分は、汽車がついにニュー・オーリンズの駅に着いたとき、早々と消えた。

セシル・サバトの家は、エリジアン・フィールズにあって、何から何までそっくりのほかの二軒の家にはさまれて立っていた。全室がまっすぐ前後につながったフランス風の家で、裏手にはすばらしい庭園があり、表には小さな錬鉄の柵があった。ドアの上には、紫色のリボンで飾られた黒いクレープのリースがかかっている。彼女たちの到着は遅すぎたのだ。エレーヌは伸び上がってリボンに触れ、ためらったのち、ノックをした。カラーのついてないシャツを着た男が、ドアを開けた。エレーヌが名乗ると、男は自分がヘンリ・マーティンで、弔《とむら》いの準備に来ているのだと言った。彼女たちは家のなかに入った。表側の部屋では、三体の聖母マリアが首の前で手を組み合わせ、セシルの遺体が横たわっている寝室では、もう一体が手を組み合わせている。老女は、孫娘の顔も見ず、祝福してやることもできないうちに、死んだのだった。

マーティン氏以外は誰も家のなかにはいないようにみえた。しかし、くちなしのような甘い香りが、誰かほかの人間がこの家にいたことを語っている。白いハンカチでまつ毛をぬぐいながら、エレーヌは台所を抜けて、十六年間自分が使っていた裏の寝室に入っていった。ネルはうしろから小走りについて行ったが、花の香りや、ろうそくや、風変わりな様子にすっかりわくわくしている。エレーヌがネルの帽子のリボンをゆるめてやろうとかがみこんだとき、黄色い服を着た女が庭から出て、寝室へ通じる裏のポーチへあがってきた。二人の女は互いに見つめあった。どちらの女の眼にも、お互いに誰だかわかったという表情は浮かばない。ややあってからエレーヌが、「この人がおまえの……おばあさんだよ、ネル」と言った。ネルは母親の顔を見上げ、それからすばやく振り返って、二人がたったいま出てきたばかりのドアを見た。

「違うんだよ。あの人は、おまえのひいおばあさんなの。この人がおまえのおばあさんよ。わたしの……お母さん」

子供の頭が働きはじめるより早く、言葉のほうがくちなしの匂《にお》う大気のなかに漂い出ていった。「だけど、この人とっても若く見えるわ」

黄色いカナリヤ色の服を着た女が笑って、四十八歳だと言った。「四十八にもなるおばあちゃんよ」

くちなしの香りを漂わせているのは彼女だったのだ。カナリヤの輝きと柔らかさをもったこの小柄な女。四体の聖母マリアが座すその陰気な家、ありとあらゆる部屋の隅《すみ》で死がため息をつき、ろうそくがぱちぱち燃えている家のなかで、くちなしの香りと黄色いカナリヤ色の服が、彼女たちを取りかこんでいる弔いの雰囲気をいっそう際立たせている。

その女はほほえみ、鏡のなかをちらと見て、エレーヌにだけ聞こえる声の調子で言った。

「その子ひとりだけ？」

「ええ」と、エレーヌは答えた。

「かわいいね。あんたにそっくり」

「ええ。あの、いま《ヴレ》十歳です」

「十歳？　ほんと？　年にしちゃ小さくないかい？」

エレーヌは肩をすくめ、娘の物問いたげな目を見つめた。黄色い服の女は、前にかがみこんだ。

「さあ、おいで、かわいい子《シェール》」

エレーヌがさえぎった。「わたしたち、からだを洗わなきゃ。わたしたち三日も汽車に乗っていて、顔を洗うチャンスもなければ、あの……」

「名前なんていうの《コマンタ・ペル》？」

「クリオール語はわかりませんよ」

「じゃあ、あんた訊いて」

「おまえの名前を知りたいって、ハニー」

頭を母親の厚い茶褐色の服に押しつけて、ネルは自分の名前を言い、それから訊いた。

「あなたの名前は？」

「わたしの名はロシェル。さて、もう行かなくちゃ」彼女は鏡のほうに近寄り、そこに立って、首筋の髪をかきあげ、光輪のような形の束《たば》ね髪のなかにたくしこんだ。それから、耳の上に垂れていた小さな輪になった巻き毛を、つばで濡らした。「わたし、たいていの日はここに来ていたんだよ。あの人は、昨日死んだの。お葬式は明日。ヘンリが世話してくれてるわ」彼女はマッチをすり、それを吹き消してから、焦げたマッチの頭で眉毛を濃くした。その間中ずっと、エレーヌとネルは彼女のすることを眺めていた。二人のうちの一方は、自分が草を寝かせることに耐え、固い木のベンチの上に眠ったことにたいして、どうしようもない怒りを感じていた。こうしたことすべてに耐えてきたというのに、祖母の死に目には会えず、そのかわりに、あいさつの言葉、愛情のこもった言葉ひとつかけてくれない、この厚化粧のカナリヤに会おうとは……

ロシェルは言葉を続けた。「この家どうなってるか、わたしにはわからない。長いこと、家賃は払ってあるし。あんた、そのこと考えてくれる？　いい？《ウィ》」あらためて濃く描いた彼女の眉毛が、エレーヌに訊いた。

「いいわ《ウィ》」エレーヌの声は冷たかった。「考えてみましょう」

「よかった。わたしが口を出すことじゃないと……」

突然彼女はくるりと向きを変え、ネルを抱きしめた——彼女の細く柔らかな腕にこれほどの力があろうとは想像もつかないほど強く、はげしく、すばやい抱擁《ほうよう》だった。

「いまに《ヴォワール》、見てなさい《ヴォワール》！」そして彼女は、行ってしまった。

台所で、頭の天辺から足指の先まで母親に石けんを塗ってもらいながら、ネルは思いきって感想を述べた。「あの人とってもいい匂いがしたわ。それから、あの人の肌、とっても柔らかだったわ」

エレーヌはタオルをすすいだ。「うんと人の手に触れたものは、いつでも柔らかいんだよ」

「〝ヴォワー〟っていうのは、どういう意味？」

「わからないよ」と母親は言った。「母さんは、クリオール語は話さないからね」彼女は、娘の濡れたお尻をじっと見つめた。「おまえも話さないものね」

二人がメダリオンに帰り、しーんとした家のなかに入っていったとき、短い置手紙は、二人がおいていった場所にちゃんとあったし、ハムは氷箱のなかで乾《ひ》からびていた。

「やれやれ。この家を見るのがこれほど嬉しかったこと、一度もなかったわ。でも、あのほこりを見てちょうだい。雑巾《ぞうきん》を取ってきておくれ、ネル。いや、取ってこなくてもいいわ。それより、しばらく、息をつくことにしましょう。やれやれ、何事もなく無事で帰れるなんて思えなかったわ。ふう――。とにかく、終わったのよ。終わって、ほんとによかったこと。神さまの御名《みな》を讃えなきゃ。おや、あれを見てごらん。わたし、あの年寄りのおばかさんに、牛乳は届けないでね、って言っておいたのに。それなのに、あそこの缶のなかじゃ、これ以上腐りようがないほど、牛乳が固まってるじゃないの。この頃みんな、どうなっちゃってるのかねえ? 届けないで、って言っておいたのに。さて、そんなことより心配することがほかにいくらでもあるわ。まず火を起こさなくちゃ。すっかり用意はしておいたから、火をつけさえすりゃいいのよ。ああ、寒いわね。そこにすわってばかりいないで、ハニー。自分の鼻でも引っぱってなさい……」

ネルは赤いベルベット張りのソファにすわって母の言葉に耳を傾けてはいたが、心のなかではあの香りと、マッチの燃えかすを目の上にこすりつけていた女、黄色い服を着た女の、強い、強い抱きしめ方を思い出していた。

火を起こし、冷たい夕飯をすませ、いろいろなものの表面をおおっていたほこりをふきとったあと、夜おそくまでネルはベッドに横たわって旅行のことを考えた。彼女は、用を足せるようなしゃがみ方をおぼえるまで、おしっこが脚を伝わって靴下のなかに流れこんだことを、はっきり思い出した。死んだ女の顔に浮かんでいた嫌悪《けんお》の表情、弔いの太鼓《たいこ》の音。胸がわくわくする旅だったが、また恐ろしい旅でもあった。彼女は汽車のなかの兵隊の眼がこわかったし、ドアにかかっていた黒いリース、母親の厚地の服の下にたしかにひそんでいると思ったカスタード・プディング、見知らぬ町並みや見知らぬ人々の感じがこわかった。しかし、本物の旅をしてきたので、今では別人になっていた。彼女はベッドから抜け出し、ランプをともして、鏡をのぞいた。そこには自分の顔が映っている。何の変哲もない茶色の眼、三つ編みにした髪、それから母がきらっている鼻。彼女は長い間、自分の顔を眺めていた。すると、突然、戦慄《せんりつ》がからだを走りぬけた。

「わたしはわたしなんだわ」と彼女はささやいた。「わたしよ」

ネルは、自分が何を言いたいのかよくわからなかったが、他方では、自分の言いたいことが正確にわかっているような気もした。

「わたしはわたしなんだわ。わたしはあの人たちの娘じゃない。わたしはネルじゃない。わたしはわたしよ。わたしなのよ」

彼女はわたしという言葉を言うたびに、自分のなかに力や、喜びや、恐怖に似たものが集まってくるような気がした。このような新しい啓示《けいじ》を受けてベッドにもどり、彼女は窓の外のセイヨウトチノキの黒い葉をじっと見つめた。

「わたしよ」と彼女はつぶやいた。それから、掛けぶとんのなかにいっそう深くもぐりこみながら、「わたし、なりたい……なりたいわ、すてきな人に。おお、イエスさま。わたしをすてきな人にしてください」と祈った。

旅の経験のたくさんの思い出が、心のなかに次から次へと浮かんできた。彼女は眠った。それは、これまで、またこれからさきも、彼女がメダリオンを離れた最初で最後の経験だった。

その後数日間、彼女は将来自分がするほかの旅行、一人旅だが、遠いところへの旅を思い描いた。そうした旅のことを考えるのは楽しかった。メダリオンを離れることが目標となる。しかし、それはスーラに出会う前だった。ガーフィールド小学校で五年間見かけてはいたが、一度も遊んだことがなく、友だちになったこともない女の子。母がいつもスーラのお母さんはすすけて汚い、と言っていたからだ。たぶん旅行のせいで、あるいは新しく発見したわたしというもののおかげで、彼女には、母の言葉にさからって友だちを作ってみようという力が湧いてきたのだろう。

スーラがはじめてライト家を訪れたとき、エレーヌが抱いていた凝《こ》り固まった軽蔑は、バターに変わった。ネルの友だちは、だらしない母親のくせは全然受けついでいないように見えた。ネルは、自分の家が圧迫感を与えるほど清潔なことに一種の恐れさえ感じていたが、スーラといっしょにいると、そこが居心地よく思われた。スーラはこの家が大好きになり、一度に十分から二十分ほど――夜明けのように静かに――赤いベルベットのソファーの上にすわる。ネルはといえば、彼女はいろんなものがごちゃごちゃおいてあるスーラの家のほうが好きだった。スーラの家では、いつもストーヴの上で何かの鍋がぐつぐつ煮えており、母親のハナは、一度も叱ったり、ものを言いつけたりすることはなかった。そこは、種々さまざまな人々が立ち寄り、廊下には古新聞が積みあげられ、汚れた皿が一度に何時間も流しに置かれたままの家だった。そして、エヴァという名の一本足のおばあさんが、ポケットの奥からピーナッツを取り出して子供たちにくれたり、夢判断をしてくれたりした。

1921

スーラ・ピースは、たくさんの部屋がある家に住んでいたが、その家は、五年もかかって所有主の設計通りに建てられたものだった。所有主は、たえず何かを付け足し続けた——もっと階段をつけよう——二階にあがるための階段は三つあった——、もっと部屋を、ドアを、そして玄関も。三つもドアがある部屋もあれば、ポーチにだけ開いていて、家のほかの場所からは全然入れない部屋もあり、誰かの寝室を通り抜けなければ入ることのできない部屋もある。前庭には四本のナシの木があって、裏庭にはニレの木が一本立っている。この巨大な家の創造者兼君主は、エヴァ・ピースだった。彼女は三階で車椅子にすわり、自分の子供たちや、友だちや、宿なしや、たえず流れこんでくる下宿人たちの生活を仕切っていた。エヴァに二本の脚があった時代をおぼえている人は、町に九人とはいない。彼女のいちばん年上の子供、ハナも、そのなかには入っていなかった。エヴァ自身がその話題を持ち出さないかぎり、彼女の脚の話をする者はひとりもいない。本人が、何かの気まぐれで、それについて何か恐ろしい話をしはじめないかぎり、みんなはそれを見て見ぬふりをした。彼女がそんな話を始めるのは、ふつう、子供たちを楽しませるためだった。ある日のこと、どういうふうにその脚がひとりで立ち上がって、さっさと歩き去ってしまったか。彼女がどういうふうにぴょんぴょん跳びながら、そのあとを追いかけたか、それにもかかわらず、その脚の逃げ足の速いことといったら。または、どういうふうに足指にうおのめができ、それがどんどん、どんどん大きくなって、おしまいには片足全体がうおのめになり、それが脚まではい上がってきて、大きくなるのをやめようとしないので、とうとう彼女はうおのめの頭に赤い布を巻いたけれど、そのときにはもうひざまで来てしまっていたという話。

ある人は、エヴァが汽車の下に脚を突っこんで賠償金を支払わせたのだ、と言った。またある人は、彼女が一万ドルで脚を病院に売ったのだと言った――それを聞いてリードさんは、目をまんまるにしてきいた。「ニガーの女の子の脚が、片脚一万ドルもしたって？」まるで、二本一組で一万ドルっていうのなら話はわかるけど、片脚となるとどうも、というかのように。

彼女のなくなった脚がたどった運命がどういうものであれ、残っている脚はすばらしかった。その脚は、どんなときでも、どんな気候の折りでも、きちんと靴下をはき、靴をはいていた。ときたま、彼女はクリスマスや誕生日にフェルトの室内靴をもらうことがあったが、そうした靴はすぐ消えてしまう。エヴァはいつも足首のずっと上までくる黒い編上靴をはいていたからだ。彼女はまた、左側のからっぽの場所をごまかすために、長すぎる服を着るようなこともしない。服は、ふくらはぎの真中くらいまで来る長さだった。そのため、左のももの下の長く空いた空間と同じように、すばらしく魅力的な一本の脚が、いつもよく見えていた。男友だちの一人が、彼女のために車椅子様のものを作ってくれた。それは、ゆり椅子の上部を大型の子供用のワゴンにはめこんだものだった。この珍妙な車に乗って、彼女は部屋のなかを、また、ベッドのそばからドレッサーへ、そこから部屋の北側についているバルコニーへ、また、裏庭へ向いている窓ぎわへと歩きまわった。ワゴンの高さはとても低かったので、立って彼女と話をしている子供たちは、彼女と目の高さが同じになったし、大人は立っていようとすわっていようと、彼女を見おろさなければならない。しかし、彼らはその事実に気づかなかった。みんな、自分たちはエヴァを見上げているのだ、彼女の目と目の間の開いた間隔を、鼻孔の柔らかく陰になったところを、あごの先を、見上げているのだと感じていた。

エヴァはボーイボーイという名の男と結婚し、三人の子供を生んだ。いちばん年上のハナ、それからエヴァ、そしてラルフという名の男の子だ。彼女は、エヴァに自分の名をつけたがパールと呼び、ラルフはプラムと呼んでいた。

五年間の悲しく不満だらけの結婚生活のあとで、ボーイボーイは家を出た。二人がいっしょに暮らしていた頃、彼は四六時中ほかの女たちのことにかまけていて、家のことはあまりかまわなかった。彼は、自分の力の及ぶかぎり、したい放題のことをした。いちばん好きだったのは女遊びで、二番目に好きだったのは酒を飲むこと、三番目はエヴァを虐待することだった。十一月に彼が出て行ったとき、エヴァには一ドル六十五セントと、卵が五個、ビートが三本しか残っていず、何を感じればいいのか、その感じ方さえわからなくなっていた。子供たちには彼女が必要だったし、彼女には金が必要で、何とか生活していくことが必要だった。しかし、三人の子供たちを養っていかねばならず、その必要性があまりにも切羽つまっていたので、彼女は怒るための時間とエネルギーができるまで、二年間怒ることを延期しなければならなかった。彼女はどうすればいいのかわからず、ものすごくひもじかった。その頃、このなだらかな丘の上には、ごくわずかな黒人の家族しか住んでいなかった。道を二百ヤードくだったところに住んでいたサッグズ家の人たちが、事情を知るとすぐ、ボウル一杯の温かい豆と一皿の冷たいパンを届けてくれた。彼女はお礼を言って、年上の子供たちのためにミルクを少しもらえないだろうかと訊いた。彼らは自分たちのところにミルクはないが、ジャクソンさんのおかみさんとこにはまだ乳が出る牝牛がいる、と教えてくれた。エヴァがバケツを持って出かけていくと、ジャクソンさんのおかみさんは、朝もう一度来てバケツに乳をしぼりなさい、夕方の乳しぼりはもう終わってしまったから、と言った。こんなふうにして、十二月近くなるまで何とか暮らしていくことができた。みんなは心から親切に助けてくれたが、まもなくこうした親切も底をついてしまうだろうと、エヴァは感じていた。冬はきびしく、隣人たちはそれほど裕福ではなかったからだ。彼女は二人の女の子を床の上のふとんにくるみ、赤ん坊の坊やといっしょにベッドに横になって考えた。いちばん年上のハナは五歳で、ひとりで赤ん坊の世話をするには小さすぎる。このわたしがどこかの家の家事手伝いの仕事を見つけることができたとしても、朝五時半かそれ以上に早くから、暗くなるまで――八時をはるかに過ぎるまで――子供たちから離れていなければならないだろう。谷間に住んでいる白人たちは、メイドをやとえるほど金持ちじゃない。あの人たちは小百姓や商人たちで、何か仕事をくれるとすれば重労働だけだ。彼女はまた、ヴァージニア州の親戚の誰かのところへ帰ることも考えてみた。しかし、三人の子供を引き連れて故郷へ帰るのは、エヴァにとって死ぬ一歩手前の手段のような気がした。とにかく、生活のかてを探しまわり、あわれみを乞うて冬を過ごさなくちゃならないだろう。この赤ん坊が少なくとも九ヵ月になるまで。そうすれば、畑仕事をしたり、刈入れ時に何かもっと安定した仕事が見つかるまで、ひょっとしたら谷間の農園にやとわれて、草取りをしたり、種をまいたり、家畜にえさをやったりすることができるかもしれない。彼女は、ボーイボーイから引きずられるままに家族のもとから離れてくるなんて、たぶん自分がばかだったんだ、と考えた。だがあのときには、それがとっても正しいことのように思えたのだ。彼は大工兼工具鍛冶《かじ》の白人のもとで働いていたが、その白人が西部に行き、メダリオンと呼ばれる入隅迫持《いりすみせりもち》のような小さな町で仕事を始めたとき、どうしてもボーイボーイについてくるように強くすすめたのだった。ボーイボーイは新婚の妻をそこへ連れてゆき、道から六十フィート引っこんだところに、一部屋の丸太小屋を建てた。その道は、うねうね曲がりながら谷から丘の上へ続いており、彼の主人にちなんだカーペンターという名前がついていた。二人がそこに住みはじめてから一年たってようやく、屋外便所ができた。

十二月のなかば少し前に、赤ん坊のプラムの腸の働きが止まった。エヴァは彼の胃をマッサージして、温かい湯を与えた。何かわたしのお乳が悪かったにちがいない、と彼女は考えた。サッグズさんのおかみさんがひまし油をくれたが、それさえ役に立たなかった。彼は泣き叫び、ひどくあばれたので、とにかく、あまり口から飲み下させることはできなかった。彼はひどく苦しいように見え、怒りと苦しみのあまり、叫び声はいちだんと高くなった。一度、自分の泣き声にたけり狂って、彼はのどをつまらせ、息ができなくなり、まるで首をしめられて死にかけているような顔をした。エヴァは彼のところに駆けよろうとして、汚水壺《つぼ》を蹴とばし、広くもない床を子供のおしっこでびしょびしょにした。彼女は何とか彼を鎮《しず》めることができたが、その夜おそく子供がふたたび泣きはじめたとき、そのみじめな状態を今夜かぎりきっぱり終わらせてしまおうと心に決めた。それで子供を毛布で包み、ラード缶の割れ目や側面に指をなすりつけ、よろめきながら子供を抱いて屋外便所に行った。そして、真っ暗闇の凍えるような悪臭のなかにしゃがみ、ひざの上で赤ん坊を腹ばいにさせてお尻をむき出しにし、（三本のビートを除けば）この世で彼女に残っていた最後の食物のかけらをお尻の穴に押しこんだ。それから、ラードを塗って挿入をやわらげ、中指を深く入れて腸のしこりをほぐそうとした。指の爪が、小石のように感じられたものにひっかかった。彼女がそれを引っぱり出すと、ほかの石も続いて出た。固くて真っ黒い便の固まりが、凍りついた大地にはねとぶと、プラムは泣きやんだ。この仕事がすっかり終わると、エヴァはそこにしゃがんだまま、どうして自分は、わざわざこんな外に出て来て子供の便通をよくしようとしたのか、ほとんど一寸先《いっすんさき》もわからぬ真っ暗闇のなかで、すねも歯も凍りつき、鼻孔は冷気におそわれているというのに、しゃがんでかわいい赤ん坊の息子を自分のからだであたためながら、自分はいったい何をしているのだろう、と考えた。彼女は、そのあと自分の頭をだまそうとするかのように横に振り、それから声に出して、「あー、あー、いや」と言った。それから、家に帰り、ベッドに入った。プラムが気分がよくなって眠ったので、静かになり、彼女はいろいろ考えることができた。

二日後、エヴァは子供をみんなサッグズさんのおかみさんにあずけ、次の日には帰るからと言って出かけた。

十八ヵ月後に、エヴァは二本の松葉杖《づえ》と新しい黒いハンドバッグをもち、一本足になって、荷馬車からさっそうと降りてきた。彼女は最初に子供を取り戻し、次に仰天《ぎょうてん》しているサッグズさんのおかみさんに十ドル紙幣をやり、あとになって、ボーイボーイが建てた一部屋の丸太小屋から六十フィート離れたカーペンターズ・ロードに家を建てはじめた。ボーイボーイの丸太小屋は賃貸《ちんたい》した。

プラムが三歳になったとき、ボーイボーイが町に帰って来て、彼女を訪ねてきた。彼が帰ってくるところだという伝言を受けとって、エヴァはレモネードをこしらえた。彼女はその訪問の間、自分が何をするのか、どんな気持ちがするか、まったくわからなかった。わたしは泣き出すだろうか、彼ののどをかき切るだろうか、または愛の行為をしてくれと頼むだろうか？　想像することもできない。そこで、ただ待って成りゆきを見ようとした。彼女は緑色の水さしのなかのレモネードをかきまわして、待った。

ボーイボーイは踊るような足どりで石段をのぼり、ドアをノックした。

「お入り」と彼女はどなった。

彼はドアを開け、ほほえみながら立っていた。羽振りもよく、気もいい男と言いたげに。靴はオレンジ色でぴかぴか光り、都会風な麦わら帽子をかぶって、ライトブルーの背広を着、ネクタイにはネコの頭をかたどったネクタイピンをつけている。エヴァは微笑して、彼にかけなさいと言った。彼もまた、微笑した。

「きみい、どうしてた？」

「まあまあよ。何かいいことあって？」彼女は、自分の口からこうした言葉が出るのを聞いたとき、二人の会話が礼儀正しく進むだろうということがわかった。それでもまだ自分が、ネコの頭をかたどったネクタイピンにアイスピックを突き通したいかどうかは、もう少しあとになるまでわからなかったが。

「レモネードを飲んだら」

「飲んでもいいな」彼は、満足したしぐさで、帽子をさっと脱いだ。爪は長く、光っている。

「ほんとに暑いな。おれ、一日中走りまわっていたもんだから」

エヴァは網戸から外を眺め、黄緑色の服を着た一人の女が、いちばん小さなナシの木によりかかっているのを見た。彼のほうにちらと視線を戻したとき、彼女は、プラムが本当に自力で、どうにかこうにかクルミから果肉を取り出したときの顔を思い出した。エヴァはもう一度ほほえんでレモネードを注《そそ》いだ。

二人はくつろいで話し合った。彼女は、彼の知らないゴシップをみんな教えてやり、彼はあれこれ質問をしたが、ほかのすべての人たちと同じように、彼女の脚に触れることは避けた。そのさまはいかにも、どこか自分の町に帰ってゆく途中で、「こんにちは」を言うために、ちょっと立ち寄った誰かのいとこと話をしているといった感じだった。ボーイは、子供たちに会わせてくれとは言わなかったし、エヴァも子供の話はしなかった。

しばらくしてから、彼はいとまごいをするために立ち上がった。約束があるからと言い、金や暇のある新しい生活の匂いをふりまきながら踊るように石段を降り、黄緑色の服を着た女のところへ大股で歩いていった。エヴァはそれを眺めていた。それから、彼の首のうしろと肩つきを見た。何から何まで派手にふるまっていたが、敗北がその首筋と、奇妙なほど緊張していからせている両方の肩に表われているのを見た。しかし、それでもなお、自分が何を感じているのか、よくはわからなかった。そのとき、彼が前にかがみこんで、黄緑色の服を着た女の耳に何かささやいた。彼女は一瞬そのままじっとしていたが、やがて頭をのけぞらせて笑った。調子の高い大都会風の笑いで、それがエヴァにシカゴのことを思い出させた。その笑い声が大槌《おおづち》のように心を打ち、そのときはじめて彼女には自分が何を感じるべきかがわかった。どろどろした憎しみが途切れることなく、胸にあふれてきた。

自分がこれからさき、長い間、しっかりと彼を憎み続けるだろうということがわかると、彼女の胸は楽しい期待でふくらんできた。ちょうど、誰かと恋におち、幸せの合図を待ち望んでいるときのように。ボーイボーイを憎むこと。そうすれば、それによって何とか生きていけるし、しかも、いつもながらの傷つきやすさから、自分を切り離し、強め、保護するために、憎しみがほしかったり、必要だったりするかぎり、その憎しみからくる安心感、スリル、堅実さを自分のものにすることができるのだ（一度ハナが、黒人を憎んでいるといって彼女を非難したとき、エヴァは、わたしが憎んでいるのはたった一人だけ、おまえの父親のボーイボーイだけだよ、その上わたしが生きていて幸せなのは、彼を憎んでいるおかげだよ、と言った）。

そうすることが幸せだったのかどうかわからないが、ボーイボーイの訪問のあと、彼女は自分の寝室に引きこもりはじめ、しだいに家のいちばん下の階はそこの住人たちにすっかり明け渡してしまうようになった。通りがかりに立ち寄ったいとこたち、宿なしの連中、炊事洗濯などはしてもよいと言って彼女が部屋を貸したたくさんの新婚夫婦。そうして、一九一〇年以後になると、彼女が自分から進んで階段に足をかけたのは一度だけ、つまり、火を放ちに行ったときだった。その火の煙が、何年も、彼女の髪にこもっていた。

その古くて大きな屋敷の住民のなかには、エヴァが引きとった子供たちがいた。好みや偏見からくる個人的な計画にもとづいて、彼女は、自分が寝室のバルコニーから見かけたり、ゴシップ好きの老人から家庭状況を聞かされたりした子供たちを迎えにやった。こうした老人たちは、ときどきやってきては、彼女とチェッカーをしたり、《クーリエ》誌を読んでやったり、ナンバーゲーム（一種の賭博で当たり番号を言った人が賞金をもらう）の番号を書きとったりしていた。一九二一年、孫のスーラが十一歳になった年、エヴァはそのような子供を三人世話していた。彼らは毛糸の帽子をかぶり、母親か、祖母か、誰かの親友がつけてくれた名前をもって、やってきた。するとエヴァは、彼らの頭から帽子をはぎとり、名前は無視した。彼女は、最初の男の子が連れてこられたとき、その子をしげしげと眺めた。彼の手首、頭のかたち、眼《まなこ》に表われている気質を。それから、「さあ、デューイを見てごらん。おーや、おややおや」と言った。同年おそくなって、道をへだてて向こう側のポーチからいつもころがりおちていた子供を迎えにやったとき、彼女は同じことを言った。誰かが言った。

「だがなあ、エヴァさん、あんたはもう一人の子をデューイって呼んでるじゃないか」

「そう？　じゃあ、ここのこの子は別のデューイだよ」

三番目の子が連れてこられて、エヴァがもう一度「デューイ」と言ったとき、誰もが、これは別に意味のあることではなくて、名前のストックがなくなったのだろう、さもなければ、とうとう彼女ももうろくしはじめたのだろう、と考えた。

「誰かがあの子たちの区別をしたいときにはどうすればいいの？」とハナが訊いた。

「何のために、あの子たちの区別をする必要があるのさ？　あの子たちはみんなデューイじゃないか」

ハナがその質問をしたとき、それはあまりかしこい質問には聞こえなかった。どのデューイも、ほかの二人とはひどく違っていたからだ。デューイ一号は真っ黒い男の子で、美しい頭と、慢性の黄疸《おうだん》にかかったような金色の眼をしていた。デューイ二号は、淡色の肌をしていたが、いたるところそばかすだらけで、頭にはちりちりの赤い毛が生えている。

デューイ三号は半分メキシコ人の血が混じっていて、チョコレート色の肌と黒い前髪をもっていた。その上、彼らの年齢は、一つと二つ離れていた。次のようなことを言うのはエヴァだった。「あのデューイの一人を使いにやって、ガレットを買ってこさせておくれ。もしガレットがなかったら、バターカップを買ってくるように言っておくれ」または、「あのデューイたちに、そんな音を立てるな、って言っておくれ」または、「ここにおいで、デューイ、おまえのことだよ」それから、「デューイを一人よこしておくれ」そういうわけで、ハナの質問は軽いものになった。

徐々にだが、この三人のどの男の子も、母親か誰かが彼を手放したときにひきこもっていた繭《まゆ》から出て来て、エヴァの見方を受け入れ、名実ともに一人のデューイになりきった——ほかの二人といっしょになって、複数の名前をもつ三位一体《さんみいったい》を形作り、……引き離すことができず、自分たち以外は何物をも誰をも愛さなかった。氷箱の取手がとれると、デューイはみんなむちで打たれた。そして、むち打ちを受けるために、うしろを向いてお尻を高くしている間、涙も流さず押し黙って、じっと自分たちの足を見つめていた。金色の眼をしたデューイは学校にあがるとき、ほかの二人といっしょでなければ行かないとがんばった。彼は七歳で、そばかすのあるデューイが五歳、メキシコ人のデューイはわずか四歳だった。エヴァは、彼らをみんないっしょに学校にやることで、この問題を解決した。バックランド・リードさんは言った。「だが、あの子たちの一人はたった四つですぜ」

「どうしてわかるの？　あの子たちはみんな、同じ年にここに来たんだよ」とエヴァは言った。

「しかし、あそこにいるあの子は、来たときには一歳だったじゃないかね。そしてあれは三年前のことだからね」

「あの子がここに来たとき、いくつだったか、おまえさんにわかるもんかい。先生だって知っちゃいないんだから。みんな学校におやり」

教師は驚いたが、信じないでもなかった。彼女は、町の黒人たちのやり方を推《お》しはかろうという努力はとうの昔に捨てていたからだ。そういうわけで、リードさんのおかみさんが彼らの名前はみんなデューイ・キングで、この子たちはいとこで、みんな六歳だと言ったとき、教師はただ小さくため息をついて、彼らの名を一年生用の成績簿に記入しただけだった。彼女もまた、似ているところが全然ないので、彼らを見分けるのに問題はないだろうと考えた。しかし、彼女より前にほかの全員が経験したように、彼らは区別できないことが、しだいにわかってきた。デューイ兄弟が区別を許そうとしなかったからだ。彼らはみんな、頭のなかでごっちゃになり、おしまいに彼女は、文字通り自分の眼が信じられなくなった。彼らは一つの声でしゃべり、一つの心で考え、気にさわるほど心のなかを明かそうとしなかった。強情で、無愛想《ぶあいそう》で、まったく何をしでかすか予想がつかず、このデューイ兄弟は、メダリオンにおける生涯の間のみならず、その後もずっと、謎のままだった。

デューイ兄弟がやってきたのは一九二一年だったが、その一年前、エヴァは、台所の向こうの小部屋をタール・ベイビーにやっていた。彼は優形《やさがた》で、美貌の、おとなしい男で、ささやき声以上の声で話したことは一度もない。ほとんどの人が、彼には半分白人の血が入っていると言ったが、エヴァは完全な白人だよと言った。わたしゃ、黒人の血は見ればすぐわかるんだ、彼には黒人の血は全然入っていないよ、と言った。最初にメダリオンにやってきたとき、人々は彼をプリティ・ジョニーと呼んでいたが、エヴァは彼の牛乳色の肌とトウモロコシの毛のような髪の毛を見て、冗談と意地悪さのまじりあった気持ちから、タール・ベイビーと呼んだ。彼は山育ちの若者で、誰の邪魔もせず、自分の殻《から》に閉じこもり、死ぬほど酒を飲むことにだけ熱中していた。最初は、鶏肉マーケットで働いていたが、一日中ひな鶏の首をひねったあとで、家に帰ってくると、眠りこむまで酒を飲んだ。やがて仕事をさぼる日が多くなり、家賃を払う金もないことがたびたびあった。完全に職を失ってしまったとき、彼は朝になるとぶらりと出かけ、半端《はんぱ》仕事をしたり、他人にねだったり、何でもできることをして金をかき集め、酒を飲むために家に帰ってきた。人の邪魔をせず、小食で、何も要求しなかったし、安ワインが好きだったので、誰も彼を厄介者《やっかい》だとは考えなかった。その上彼は、しばしば水曜日の夜の祈禱《きとう》会に出かけ、高地に住む貧乏白人の想像できるかぎりの美声で〈われらついにかがやくみくににて〉を歌った。彼は、デューイ兄弟を酒を買いにやり、床の上にごろりと寝ころんだり、椅子にすわったままじーっと壁を見つめたりして、長い時間を過ごした。

ハナは、彼のことを少し心配したが、ほんの少しだけだった。というのは、彼はただ独りで静かに死ぬ場所がほしいが、まったくの独りぼっちで死ぬのはいやだということがまもなくはっきりしたからだ。気をしっかりもって立ち直るか、さもなければ医者か誰かに診てもらえと、彼に忠告しようとする人は誰もいなかった。祈禱会で彼が〈われらついにかがやくみくににて〉を歌うと涙を流す女性ですら、教会のいろいろな活動に彼を参加させようとはしなかった。彼らはただ彼の歌に耳を傾け、泣き、自分たち自身の差し迫《せま》った死をいきいきと思い描くだけだった。人々は、彼自身の人生観をそのまま受け入れるか、無関心な態度をとるか、どちらかだった。しかし、彼らの無関心な態度には、多少の軽蔑がまじっていた。自分のことをそれほど深刻に考える人々には、がまんができなかったからだ。死のうとするほど深刻に考える人々には。だから、結局彼が、全国自殺記念日にシャドラックに合流する最初の人たち――タール・ベイビーとデューイ兄弟――になったことは、しごく当然のことにすぎない。

エヴァの冷ややかな眼に守られ、その奇癖の犠牲となって、彼女自身の子供たちはひっそりと成長した。パールは十四歳で結婚し、ミシガン州フリントに引越していった。そこから彼女は、便箋《びんせん》の間に二ドルはさみ、いくじがない手紙を母親に書いてきた。取るに足りないごたごたや、夫の仕事、子供たちは誰が好きかということなどについて、悲しげで、かわいらしく、ばかげた手紙を送ってきた。ハナは、リークスという名のよく笑う男と結婚したが、彼は、娘のスーラが三つの年に死んだ。そのときハナは、大きな屋敷と母親の面倒を永久にみるつもりで、母の家に帰ってきた。

ボーイボーイは例外だったが、これらのピース家の女たちは、あらゆる男を愛した。エヴァが娘たちに残したのは、男への愛だった。たぶん、あの家には男がいないからだよ、家を切りまわしていく男がいないためさ、と人々は言った。しかし、実際はちがう。ピース家の女たちは、ただ男だからというだけの理由で、男っぽいものが好きだったのだ。エヴァは年老い、一本足だったにもかかわらず、彼女を訪れる常連の紳士客があり、愛の行為こそしなかったが、からかいや、軽いキスや、笑いのたえまはなかった。男たちは彼女のみごとなふくらはぎや、例のこぎれいな靴を見たがり、ときどき目と目の間が離れた彼女の眼が一挙に焦点を合わせてくるさまを見るのが好きだった。彼らは、みんながチェッカーをしようと腰をおろすとき、彼女の顔に浮かぶ喜びの表情を見たがり、彼女が彼らを負かすとき――ほとんどいつも勝つのは彼女のほうだったが――でさえ、どういうわけか、彼女との同席によって何かをかち得たのは自分たちのほうだということを知っていた。彼らはよく、大きな声で彼女に新聞を読んでやり、その内容について感想を述べた。エヴァはそれに耳を傾けたが、同調する義務は感じなかった。事実、事件の解釈の仕方についてしょっちゅう彼らをぎゅうぎゅうの目にあわせた。しかし、彼女の議論の仕方には相手を怒らせるようないやみはまったくなく、徹頭徹尾《てっとうてつび》男にたいする愛に貫かれていたので、彼らは反対されたことによって、かえって自分たちの確信が強められたような気がするのだった。

ほかの人々の問題についても、エヴァは同じように男にたいする偏愛をみせた。彼女は、新婚夫婦の花嫁が、時間通りに夫の夕御飯の支度《したく》をしないからといって、また、ワイシャツの洗濯の仕方、アイロンのかけ方などについて、際限《さいげん》なくさわぎたてた。「あんたのいい人が、すぐここに帰ってくるんだよ。あんたもう、忙しく立ち働いている時間じゃないのかね?」

「ああ、エヴァさん。夕食なんてすぐできるわ。スパゲッティ食べるだけだもの」

「またスパゲッティ?」エヴァの眉毛が縦溝《たてみぞ》をきざみ、新婚の妻は恥をかかされてくちびるをかんだ。

ハナはただ、男たちの目をひかないでは生きていくことができないだけだった。そして、リークスの死後はきまった一連の恋人を持っていたが、大部分が友だちや隣人の夫たちだった。彼女の恋の遊びは甘ったるく、たかぶらず、無邪気だった。一度も髪を整《ととの》えたり、急いで着替えに走ったり、すばやく化粧を直したりするようなことはせず、しなを作ることもまったくないのに、からだは性のさざ波で震えているようだった。いつも同じ古いプリントのラップアラウンド（重なりがあってからだを包む形のドレス）を着て、夏は素足、冬は踵《かかと》の下の靴底がすりへって平たくなった男物の革のスリッパをひっかけたままだというのに、男たちは、彼女の背中の線や、ほっそりした足首、露《つゆ》のように湿ってなめらかな肌や、信じられないほど長い首筋などを意識してしまうのだ。それから、微笑をたたえた眼、首のめぐらせ方など——すべてが男たちを誘う仕草にみちて、軽やかで陽気だった。彼女の声には音を引きのばすような響きがあり、深くなると思えば、たわみもした。彼女はもっとも単純な言葉にも、ある調子をつけて発音した。誰も、本当に誰ひとりとして、ハナのように、「ヘイ、シュガー」と言える人はいない。男はその言葉を聞くと、ほんの少し帽子を目の上に斜めに引き下げてかぶり直し、ズボンを引きあげ、彼女の首のつけ根のくぼんだ場所のことを考えてしまう。おまけに、こうしたことすべてが、やれ仕事だ、やれ責任だというようなことについて何一つ思いまどうことなくやれたのだ。エヴァが訪ねてくる男たちをためし、議論をして、自分たちは愛想のいい敵だったとはいえ相手として不足のない敵と戦ったという感じを抱かせるのにたいして、ハナはどんないらだちも感じさせず、どんな要求も持ち出さず、男に、そのままの状態で——体裁を作る必要はない——自分は完璧ですばらしい、と感じさせた。そこで男は心底からくつろぎ、単に彼が彼だからという理由で注ぎかけるハナの光をあびて、とろけるような気分を味わうのだった。男が入ってきたとき、ハナが地下室から石炭入れを運びあげているところだったら、彼女はそうすることが愛の仕草だといわんばかりのやり方で、石炭入れを扱った。彼は手を貸そうとする動きは全然見せない。そのわけは、ただ彼女がそれを下におくためにかがみこんだときの、太ももの形を見たかったからで、彼女もまた男に自分の太ももを見てもらいたがっていることが、わかっていたからだ。

しかし、人々でいっぱいのその家のなかでは、ひそやかで自然な愛の行為を行なう場所がなかったので、ハナは夏であれば、男を地下の穴ぐらに連れて行った。そこの大きな石炭箱や新聞紙のうしろの陰は涼しかったからだ。また冬であれば、食料貯蔵室に入ってゆき、缶詰の食料品をいっぱいに詰めこんだ棚に寄りかかって、立ったままか、または何列にも並んだ小さな緑色の胡椒《こしょう》の真下のメリケン粉の袋の上に横たわって、愛を交わした。これらの場所が使えない場合には、めったに使わない客間にすべりこむか、二階の寝室に行くことさえあった。彼女は自分の寝室を使うことをきらったが、そのわけは、スーラがその部屋でいっしょに眠るからではなく、愛人たちはいつも行為のあと眠りこむくせがあり、ハナはいっしょに眠る人間については好みがうるさかったからだ。彼女は実際どんな人間とも性行為をしたが、誰かといっしょに眠ることは、彼女にとって信頼の尺度《しゃくど》を表わし、決定的な深入りを意味した。そういうわけで、彼女は最後まで昼間だけの恋人だった。実際、スーラが学校から帰ってきて、母親がベッドのなかで男の腕に抱かれ、曲がったスプーンのような形で寝ているのを見たのは、一度しかない。

スーラは、母親があれほどやすやすと食料貯蔵室へ入ってゆき、入ったときと寸分《すんぶん》違わぬ様子で――ただ前より幸せそうに見えるところだけが違う――出てくるのを眺め、セックスということは楽しくて、たびたび行なうものだが、それをのぞけば、特に注目に値《あたい》するものではないと考えた。しかし、家の外で、子供たちが下着についてくすくす笑っているところでは、その意味は違っているように思われた。そこで彼女は、母親と男が食料貯蔵室のドアを開けたときの二人の顔をつくづく眺め、これから先自分が取ろうとする態度を決めた。

ハナは、町の女たちを怒らせた――〝身持ちのよい〟女たちは、「たった一つがまんできないものは、みだらな女よ」と言った。娼婦たちは、とにかく黒人の間では商売をするのがむずかしかったので、ハナの気前のよさに腹を立てた。中間の女たちは、夫と情事の両方を手に入れていたが、ハナがあまりにも彼女たちと違っていて、自分が結ぶ関係に何の情熱も注ぎこまず、嫉妬を覚えることも全然なかったので、憤慨《ふんがい》した。もちろん、ハナと女たちとの友情はまれで、あっても短命だった。そして彼女の母親が下宿させていた新婚夫婦は、まもなく彼女がどんなに危険な存在かがわかった。彼女は、結婚が本物の結婚の形をとる前ですら、その結婚を破壊することができたからだ。彼女は新しい花婿《はなむこ》と愛を交わし、彼の妻の皿を洗うということを、みんな同じ午後のうちにやってのけることもできたのだから。リークスが死んでから、彼女が望んでいたこと、そして、しばしば何の苦もなく手に入れることができたのは、毎日何らかの触れ合いをもつことだった。

驚くべきことだが、男たちはけっして彼女の噂話はしなかった。彼女が親切で、気前のよい女だったのは言うまでもなく、それがたぐいまれな美しさと、おずおずした優雅な身のこなしに結びついていたため、男たちは、彼女を守り、自分の女房や新参者どもが口にする辛辣《しんらつ》な言葉から保護してやろう、という気になっていたからだ。

エヴァの末っ子のプラムは——エヴァは彼にすべてを残してやるつもりだった——一九一七年に戦争に行くまでは、たえず愛とやさしさの産着に包まれてふわふわ漂い歩いていた。彼は一九一九年に合衆国に帰ってきたが、メダリオンには一九二〇年まで帰ってこなかった。ニューヨークや、ワシントンDCや、シカゴから、たびたび家に帰ると約束した手紙をよこしたものの、明らかに何か具合の悪いことがあるらしかった。とうとう、クリスマスの二、三日後になって、昔ながらのひょこひょこした歩き方よりほかは、ひどく変わり果てた姿で帰ってきた。髪は何カ月もの間刈ったこともなければ、櫛を入れたこともなく、服はちぐはぐで、ソックスははいていない。しかし黒い鞄《かばん》と紙袋をもち、かわいい、かわいい微笑を浮かべていた。みんなが彼を歓迎し、ターール・ベイビーの隣りの暖かい部屋を与え、彼がみんなに知ってもらいたいと思うことはどんなことでも、話してくれるのを待っていた。彼らは、彼が話してくれるのを無駄に待っていたわけだが、真相を知るには長くはかからなかった。彼のくせはタール・ベイビーのくせとよく似ていたが、酒びんがないところだけが違う。ときどきプラムは陽気になり、いきいきしてきた。ハナはその様子を見守り、エヴァは待っていた。それから、彼は家族のものを盗みはじめ、シンシナティに旅行したり、レコードをかけっぱなしにしたまま何日も自分の部屋で眠り続けることがあった。そして、帰郷当時よりさらにやせてきた。食事の始めか終わりに、ほんの少量しか食べなかったからだ。長年にわたり麻薬の注射液を作ったため真っ黒になった曲ったスプーンを見つけ出したのは、ハナだった。

そういうわけで一九二一年のある夜おそく、エヴァはベッドから起き上がり、服を身につけた。松葉杖の上にからだをのせると、腋の下がひどく痛かったが、自分がまだ松葉杖を使えることがわかって、びっくりした。彼女は部屋のまわりを数歩あるく練習をしてから、ドアを開けた。それから、左の腋の下に二本の松葉杖をあてがい、右手で手摺《てすり》をしっかりつかまえて、ゆっくり、長い階段をうまく降りていった。松葉杖の先のコツコツというかすかな音にくらべると、足音があたりに響き渡るような気がする。踊り場に着くたびに、彼女は立ち止まって、息をついた。自分のからだの状態にいらだち、目を閉じて、慣れない圧力を緩めようと腕の下から松葉杖を外す。階段を降りたところで、もう一度二本の松葉杖に体重を等分にかけ、まるで猛禽《もうきん》がおそいかかるような勢いで正面の部屋から食堂へ、そこから台所へ入っていく。からだをゆすり、おそいかかるようなその姿は、巨大なアオサギにも似て、自分の生息地では優雅に飛行しているものの、いざ羽をたたんで歩こうとすると、ぎごちなく、こっけいに見えるのと同じだった。からだをゆすり、舞いおりるような恰好でプラムの部屋のドアまで来ると、彼女は一本の松葉杖の先でドアを押し開けた。たった一つの電球から射す弱い光の下で、ベッドに横になっている彼の姿がかろうじて見分けられる。エヴァはそっとベッドのところまで行くと、足もとに松葉杖を立てかけた。彼女はベッドの上に腰をおろし、プラムを両腕に抱きしめた。彼は目をさましたが、ほんのわずかだけだった。

「ねえ、ねえ、ねえったら。母さん、ぼくを抱いてんの？」彼の声は眠そうで、おもしろがっていた。彼は何かないしょの冗談を聞かされたかのように、くすくす笑った。エヴァは彼をいっそうしっかりと抱きしめ、ゆすりはじめた。左右へゆすってやりながら、眼は、彼の部屋を見まわしていた。部屋の隅には、半分食べかけの、店で買ったチェリー・パイがある。ドレッサーの下からは、丸めたキャンディの包み紙や、からっぽの炭酸水のびんが顔をのぞかせていた。足もとの床の上には、イチゴのスカッシュが入ったコップと《リバティ》誌がおいてある。何度も何度もゆすってやりながら、そしてときおりくすくす笑うプラムの笑い声に耳を傾けながら、エヴァは、思い出の糸がゆっくりと吐き出され、輪になり、落ちていくのを感じていた。彼女がプラムのほうにかがみこんだあのとき、彼は浴槽《よくそう》のなかにいた。彼は伸び上がって、彼女の胸に水を流しこみ、笑った。彼女は怒ったが、ひどく腹を立てたわけではない。そして彼といっしょに笑った。

「母さん、とってもきれい。すごくきれいだよ、母さん」と、あのとき彼は言った。

エヴァは、舌をくちびるの端へもってゆき、涙が口のなかへ流れこむのを止めた。彼をあやし、ゆすりながら。しばらくして、彼女は彼のからだを下におろし、長いこと見つめていた。急に彼女はのどの渇《かわ》きをおぼえ、イチゴのスカッシュのほうへ手を伸ばした。それから、コップをくちびるのところまで持ってゆき、それが血で汚れた水であることがわかって、床の上にぶちまけた。プラムが目をさまして言った。「ねえ、母さん。どうして、ベッドに帰んないのさ？　ぼくは大丈夫だよ。そう言わなかったかい？　大丈夫だったら。さあ、帰んなよ」

「帰るとも、プラム」と彼女は言った。それから体重をかける位置をかえ、松葉杖を引き寄せた。そして、からだをゆすり、おそいかかるような恰好で、部屋を出ていった。彼女は、台所までからだを引きずっていき、歯ぎしりをした。

暖かい浅い眠りのふちのところにいたプラムは、まだくすくす笑っていた。母さん。母さんはたしかに、たいしたもんだ。彼は、たそがれを感じた。いま、ある種の濡れた光が、ひどく気をそそるような匂いを立てながら、脚の上から胃のほうへはい上がってくるような気がした。それ――この濡れた光――は、彼のからだにまといつき、はねを跳ばしながら、皮膚のなかまで流れこんだ。彼は目を開き、ワシの大きな翼のようなものが、自分のからだの上に濡れた明るさを注ぎかけているのがわかった。洗礼みたい、何かの祝福みたいだな、と彼は思った。これからは、何もかもよくなるんだよ、とそれは言った。そうなることがわかっていたので、彼は目を閉じ、もう一度あかるい眠りの穴に沈みこんだ。

エヴァはベッドから後ずさりして、腕の下の松葉杖を休ませた。それから、新聞紙の切れ端を丸めて六インチくらいの長さの堅い棒を作り、それに火をつけ、びしょびしょの灯油漬けになったプラムが居心地よく嬉しそうに横たわっているベッドに投げこんだ。あっという間に、焔《ほのお》がシューと音立てて彼のからだを包みこんだとき、彼女はドアを閉め、ゆっくりと、苦労して、家の最上階まで帰っていった。

ちょうど彼女が三階の踊り場に着いたとき、ハナや子供の声が聞こえてきた。彼女は慌《あわ》てふためいた呼び声や、デューイ兄弟の叫び声に耳をかそうともしないで、大急ぎで歩いていった。ようやくベッドにたどりついたとき、誰かが彼女のあとから、階段を駆けあがってきた。ハナがドアを開けた。「プラム、プラムが！　彼が燃えてるのよ、母さん！　ドアを開けることさえできないの、母さん！」

エヴァはハナの眼をのぞきこんだ。「本当？　わたしの赤ちゃんが？　燃えてるんだって？」二人の女は何も言わなかった。お互いの眼を見るだけで充分だったからだ。それからハナが眼を閉じ、水、水と叫んでいる隣人たちのところへ駆けおりていった。

1922

アイスクリームを食べるには涼しすぎた。丘から吹きおろす風が、ほこりや煙草のキャメルの包み紙を彼女たちの足首のまわりに吹きよせる。風が彼女たちのお尻のくぼみに服を押しつけ、それから裾《すそ》をもち上げて、木綿《もめん》の下着をのぞきこむ。二人は、エドナ・フィンチが経営するメロウ・ハウスに行くところだった。そこは、お上品な人々の好みに合わせたアイスクリーム・パーラーで、〈リーバのグリル〉のすぐ隣り、タイム・アンド・アーフ・プール・ホールからたった一ブロック下ったところにあったが、子供たちでさえ居心地よくくつろぐことのできる店だった。その店は、カーペンターズ・ロードの曲がりにある。カーペンターズ・ロードには四ブロックにわたって、ボトムのありとあらゆる娯楽施設がずらりと並んでいた。エルミラ劇場や、アイリーンの美容院、玉突き場、グリルや、通りに並んだその他のあまり景気のよくない興行施設の前に、老人や若者たちがすわって足を伸ばしていた。彼らは窓敷居《まどじきい》や、式台、木枠やこわれかけた椅子の上にすわってだらりと、歯を吸い、何か気晴らしになるものはないかと待ちかまえている。ありとあらゆる通行人、あらゆる車、あらゆる姿勢の変化が彼らの注意をひき、話の種になった。彼らはとくに、女たちに注目した。女が近づいてくると、老人たちは帽子をちょっと脱いであいさつし、若者たちは股を開いたり閉じたりした。しかし、すべての者が年齢には関わりなく、去ってゆく女のうしろ姿を興味深く見守った。

ネルとスーラの二人は、風に冷やされ、きまりの悪い値ぶみのまなざしに熱くなって、この注目の谷間を通りぬけた。老人たちは、花の茎のような彼女たちの脚を眺め、ひざのうしろの靭帯《じんたい》をじっと見つめて、二十年も踏んだことのない昔のダンスのステップを思い出していた。年齢のせいで欲情はやさしさに変わってはいたものの、彼らは欲情にかられて、あたかも引きしまった肌の上の若々しい汗の味を思い出そうとするかのように、くちびるを動かした。

いいたまだな。その言葉が心に浮かぶ。そして、彼らのうちの一人、つまり若者の一人が、その言葉を大声で言った。静かに、だが、きっぱりと。その言葉に含まれたお世辞は間違えようがない。彼は名前をエイジャックスと言い、玉突き場をよくうろつく二十一歳の、険のある美貌をもった青年だった。すべての身のこなしに無駄がなく、優美で、悪態のつき方がみごとだったため、年齢を問わずあらゆる男たちからうらやましがられていた。しかし実は、毒舌を口にすることはめったになく、選ぶ形容詞にしてもパッとしない、無害なものだった。彼の評判はおもに、ものの言い方のせいだった。「ちくしょう」と言うとき、彼は「ち」の音を肺腑からしぼり出すように発音するので、その衝撃は、想像できるかぎりのこの町のもっとも口汚い言葉の効果より強く感じられる。彼はとうていまねできないほどの意地の悪さをこめて、「くそっ」と言うことができた。そういうわけで、ネルとスーラが通りすぎるのを見て、彼が「いいたまだな」と言ったとき、ネルとスーラの二人は、誰かが自分たちの喜びの表情を見てとると困るので、用心して目を伏せた。

二人がこのようなたけだけしい目の槍《やり》ぶすまをものともせず通り抜ける気になったのは、実は、エドナ・フィンチのアイスクリームが食べたかったわけではない。何年もあとになって二人が、両手であごを支えながら、そこにいた男たちの尺取り虫のような微笑、しゃがんだお尻、こわれた椅子にまたがった鉄道線路のように真っ直な脚を想い出そうとすると、二人の眼は涙でかすんでくるのだった。ただの縫《ぬ》い目《め》が、もやもやした謎の部分を際立たせているクリーム色のズボン。あのなめらかなヴァニラ色の股が彼女たちを招き、黄色いレモン色のギャバジンが、二人においでおいでをしていたからだ。

ネルとスーラは綱渡り芸人のように、足をすべらせるかもしれないという恐れと、緊張と平衡《へいこう》を保つ努力にぞくぞくするような思いを味わいながら、アイスクリーム・パーラーに向かって歩いていった。ほんの少しでもちらと横を見たり、足指の先がちょっと何かにつまずきでもしようものなら、彼女たちはたちまち歓迎して大きく開かれたクリーム色の腰に投げこまれてしまうのだから。あの優美な装《よそお》いの下のどこかに、どこからどこまでも小ぎれいな外面の下にしまいこまれて、彼女たちの夢にこびりついて離れないものが横たわっていた。

これは、まさにぴったりの状況だった。というのは、この二人の女の子が最初に出会ったのは夢のなかだったのだから。エドナ・フィンチのメロウ・ハウスが店開きするずっと前、二人がガーフィールド小学校のチョコレート色の廊下を通りぬけて運動場に出、乗り手のない一つのブランコのロープ越しに向かいあった（「乗んなさいよ」「いいえ。あなたこそ」）ときよりも早く、二人は白昼夢《はくちゆうむ》の熱に浮かされたような状態のなかですでにお互いに深く知りあってしまったのだ。彼女たちは二人ともひとりぼっちの小さな女の子で、孤独があまりに深かったので、その状態にうっとりと溶けこみ、よろめきながらテクニカラーの幻想に入りこんだ。幻想のなかにはいつも、誰か、夢を見ている本人にそっくりな、夢の歓《よろこ》びがわかるもうひとりの人が登場した。ひとりっ子のネルは、信じがたいほどきちんと整頓された母の家の物音ひとつしないしじまに囲まれ、清潔さが背中に突き刺さってくるような感じを味わい、裏のポーチの階段にすわって、ポプラの木をじっと見つめながら、いつも自分が、花壇に横たわって、髪に花をもつれさせ、誰か火のように情熱的な王子を待っているさまを心に思い描いた。彼は近づきはしたものの、今まで一度も彼女のところまで来たことはない。しかしいつも、同情をこめてほほえむ誰かの眼が、自分といっしょにその夢を見ているような気がした。想像のなかの自分の髪の拡がり、厚い花のマットレス、ひじの下の金糸の縁縫いをしたカフスのところですぼまるボイルの袖などに、自分と同じほど強い関心をもつ誰かの眼があるような。

同じようにスーラも一人娘だったが、いろいろな物事や、人々や、話し声や、ドアがバタンと閉まる音などで、たえずねじ曲がり、震動している乱雑な家にはめこまれ、屋根裏部屋のぐるぐる巻きにしたリノリウムのかげで、一日何時間も空想して過ごしていた。空想のなかの彼女は、砂糖をなめ、ばらの匂いをかぎ、彼女と同じ味、同じ速度を楽しむ誰かもう一人の視線にさらされながら、灰色と白の毛をした馬に乗って疾走《しっそう》していた。

そういうわけで二人は、最初はあのチョコレート色の廊下《ろうか》で、次にはブランコのロープ越しに出会ったとき、まるで旧友のような気安さと慰めを感じた。彼女たちはめいめいが、何年も前から、自分たちは白人でもなければ男でもないこと、したがってあらゆる自由と勝利は禁じられていることを発見していたので、将来自分たちがなりたいと思う何かほかのものを作り出そうとしていた。二人が出会ったのは幸運だった。成長のかてとしてお互いを利用できたからだ。よそよそしい母と理解できない父の娘として（スーラの父親は死んでいたため、ネルの父親は不在のために）、二人はお互いの眼のなかに、自分が探し求めていた親愛の情を見出した。

一九二二年に、ネル・ライトとスーラ・ピースは、二人とも十二歳で、ほっそりしてかわいいお尻をした、やせた鳥の叉骨《ウィツシユボーン》（二股になった骨で、これを引っぱりあい長いほうを取った者の願いが叶うという）だった。ネルの肌は、濡れた紙やすりの色をしていた——コールタールのように黒い純血の黒人になぐられたり、老婆たちに軽蔑されたりしないですむのにちょうどよい黒さだった。老婆たちときたら、混血の害といったようなことを気に病み、らば《ミュール》とムラト（黒人の血が½まじっている混血児）の言葉の起源は同じだということを知っていた。彼女の肌の色が今よりほんの少しでも白かったら、学校に行く途中、母親に保護してもらうか、身を守るための凶暴で闘争的な気質を身につける必要があっただろう。スーラは濃い褐色の肌と、大きくおだやかな眼をしていた。一方の目の上にはあざがあって、まぶたの真中あたりから眉毛のほうに広がり、茎のついたバラのような形をしていた。そのあざのおかげで、それがなければ平凡な顔にあやしげな刺激が生まれ、ときどき祖母とチェッカーをしにくる剃刀《かみそり》で切られた男のケロイド状の傷痕《きずあと》のような、冷たい鋼に似た険ができている。そのあざは、歳月がたつにつれて濃くなったが、その頃はまだ金色の斑点のある彼女の眼と同じ色をしていた。眼の色は、終わりまで雨のように変わらず、澄み切っていた。

二人の友情は突如として生まれ、唐突《とうとつ》さにまさるとも劣らないほど強いものになった。二人は、お互いの人格に救いを見出した。二人ともまだ形も定まらず、はっきりしない存在だったが、ネルのほうがスーラより強く、堅実にみえた。スーラのほうは三分間以上一つの感情をもち続けることは、まずないと言っていい。それでいて、一度だけこれがあてはまらないときがあった。そのとき、彼女は何週間も一つの気分を貫き通したが、それさえ、ネルを守るためだった。

新しくやってきたアイルランド人の息子たちで、十代前半の白人の少年が四人、午後ときおり、黒人の学童をいじめて楽しんでいた。足をきつくしめつける靴をはき、ふくらはぎに赤い輪をつけるウールのニッカボッカをはいて、彼らは父親といっしょにこの谷へやって来た。両親と同じように、ここが約束の地――緑色で、かすかに歓迎の光を放っている土地――と信じこんで。しかし、少年たちが見出したのは、奇妙な訛《なま》り、いたるところに浸《し》み渡っている彼らの宗教にたいする恐れ、それから仕事を見つけようとする努力にたいするかたくなな抵抗だった。唯一の例外を除けば、メダリオンのかなり年配の住民たちは、アイルランド系入植者たちを軽蔑していた。唯一の例外は、黒人たちだった。一部の黒人たちは、南北戦争以前から（その頃、この町には名前さえついていなかった）メダリオンに住みついていたが、たとえ彼らがこれらの新来者を憎んでいたとしても、それは問題にならなかった。その憎しみは、表には現われてこなかったからだ。実際、プロテスタントの白人の住民たちが一致団結して行なうことのできる唯一の行動は、黒人をなぶることだった。新しい入植者たちは、黒人にたいする昔からの住民の態度をそっくりまねる場合にかぎって、新しい環境のなかで多少地歩《ちほ》を固めることができるような気がしたのだ。

こうした特殊な状態におかれた男の子たちが、一度ネルをつかまえ、その無力でおびえた顔にあきるまで、彼女を手から手へ押しまくったことがあった。その事件のため、学校から家へ帰るネルの道順は、入り組んだものになった。彼女と、それからスーラは数週間にわたって、どうにか彼らを避けることができた。しかし、十一月のある肌寒い日のこと、スーラは言った。「いちばん近い道を通って家に帰ろうよ」

ネルはまばたきしたが、黙って従った。二人が通りをのぼって、カーペンターズ・ロードの曲がりへくると、男の子たちがもう使われなくなった井戸の上で、のらくらと時間をつぶしていた。獲物の姿を目に止めるとすぐ、男の子たちは灰色の空のほかこの世のどんなものも眼中にないといった様子で、ぶらぶら進み出てきた。にやにや笑いをほとんど押さえることができず、彼らは道をふさぐ門のように立ちふさがった。少女たちが少年たちの三フィート前に来たとき、スーラは外套《がいとう》のポケットに手を入れて、エヴァの皮むきナイフを引っぱり出した。少年たちは急に立ち止まり、目くばせしあい、それまでの関係ない、といったそぶりをかなぐりすてた。これは、思ったよりおもしろいことになりそうだぞ。喧嘩なら買ってでるつもりだった。それも刃物には刃物で。ひょっとしたら、誰かの腰のまわりに、腕一本ぶら下げることができるかもしれない……さもなければ、引き裂いて……

スーラは泥道にしゃがんで、持物をすべて地面の上においた。弁当箱、リーダー、毛糸の手袋、石板。それから彼女は、ナイフを右手に持ち、石板をからだに引き寄せて、左手の人さし指をその端にしっかり押しつけた。彼女の目的ははっきり決まっていたが、正確さを欠いていた。彼女は、自分の指の先をほんの少しだけ切り落とした。四人の少年はポカンと口を開けたまま、傷口を見、ボタンマッシュルームのような肉片が、石板の隅っこへ流れていくさくらんぼ色の血のなかでゆっくりまるまっていくのを眺めていた。

スーラは目をあげて男の子たちを見た。その声は落ちついていた。「わたしが自分にこんなことがやれるとすりゃ、おまえたちにどんなことをすると思う？」

土埃《つちぼこり》の動きで、ようやくネルは、彼らが立ち去りかけていることがわかった。彼女はスーラの顔を見つめていたが、それは何マイルも何マイルも遠くにあるような気がした。

しかし、不屈さは彼女たちのおはこではない。おはこと言えるのは冒険的な性質であって、自分たちの興味をひいたものはすべて、つまり、柵で囲んだ裏庭のなかで足を高くあげて歩きまわっている片目のにわとりから、バックランド・リードさんの金歯にいたるまで、また、風でバタバタいうシーツの音から、タール・ベイビーのワインのびんのラベルにいたるまで、すべてを探険してやろうという強い決意だった。そのうえ、どんなものにも優先順位はつけなかった。だから彼女たちは、恐ろしい剃刀を手にした喧嘩を眺めている最中に、二百ヤードも離れたところで道路作業員が注ぎこむ熱いコールタールのすてきな匂いに、気を散らされてしまうことがあった。

仲よくいっしょにいるときは安全な港に入っているようで、彼女たちはほかの人々のやり方などには目もくれず、いろんな事柄にたいする自分たち独自の知覚に集中することができた。ライト夫人がネルに鼻を引っぱるよう注意すると、彼女は熱心にそれをやったが、そうすれば鼻が高くなるという望みは全然もっていなかった。

「そんなところにすわっているときには、おまえ、忘れないで鼻を引っぱるんだよ」

「痛いよ、母さん」

「大きくなったとき、きれいな鼻をしていたいとは思わないの？」

スーラに会ったあとでは、毎土曜の夕方、ベッドに入るが早いか、ネルは洗濯ばさみを毛布の下にすべりこませた。また、いまだにあのいやな熱い髪ごてをがまんしなければならなかったが、その結果——真っ直な髪の毛——にはもはや興味がなくなった。

お互いの讃美の思いに結ばれて、彼女たちは毎日そのものが、楽しむために作られた映画であるかのように、一日一日を眺めていた。いま二人が発見しかけていた新しいテーマは、男だった。そういうわけで二人は、アイスクリームを食べるには涼しすぎるにもかかわらず、別に計画したわけでもないのに、定期的に待ち合わせては、エドナ・フィンチのメロウ・ハウスに向かう道を降りていくのだった。

それから夏がやってきた。花開いたものの重さでぐったりした夏が。重苦しいひまわりの花が垣根の上で泣いていたし、あやめは、紫色の芯から遠く離れた端のほうからまるまり、赤茶けていった。トウモロコシの実は、赤褐色の穂が茎にまきつくままにしている。

それから男の子たち。宝石のように風景のなかに点在する美しい、美しい男の子たちが、野原で叫び声をあげて大気を引き裂き、濡れて輝く背中で川を濁らせている。彼らの足音ですら、あとに煙の匂いを残していった。

彼女たちがお転婆《てんば》になったり、おじけづいたり、大胆になったりした——何もかもが一時《いちどき》に起こった——のは、その夏、彼女たちの十二年目の夏、美しい黒人の少年たちの夏のことだった。

七月の水銀を流したような雰囲気のなかで、スーラとネルは、何かいたずらをすることはないかと、はだしでボトムを歩きまわった。それから、ときどき男の子たちが泳いでいる川のほとりをくだっていくことにした。ネルは、スーラが家に走りこんでトイレに行く間、カーペンターズ・ロード七番地のポーチの上で待っていた。階段を上る途中、スーラが台所の前を通ると、そこにはハナが、二人の友だち、パッツィとヴァレンタインを相手にすわっていた。二人の女は扇《おうぎ》を使いながら、ハナが生パンをこねるのを眺めている。みんな、何ということもなくあれこれしゃべっていて、スーラがそこを通りすぎるときには、子育ての話になっていた。

「子供なんて、苦しみよ」

「ほんとね。母さんの言うこと聞いとけばよかったたって思ってるわ。あんまり早く子供作るなって、言ってたものね」

「わたしにとっちゃ、いつだって早すぎるんだけどな」

「ああ、わたしにはわからないわ。うちのルディったら親父の言うことは聞くの。でも、わたしにはまったく手に負えないのよ。ルディが大きくなって、どっかに行ってくれると、本当に嬉しいんだけどね」

ハナがほほえんで言った。「お黙り。あんた、彼がおしっこした地面だって好きなくせに」

「まったくその通りよ。でも、それでも苦しみだってことに変わりはないわ。自分の子は愛さないわけにはいかないものね。たとえ、どんなことをやらかそうと」

「そうねえ。今じゃヘスターは大きくなったけど、わたしが感じてることが、正確に言って愛かどうかは断言できないわ」

「もちろん、愛してますとも。わたしがスーラを愛してるみたいに、あんたは彼女を愛してるのよ。でもわたし、スーラのこと好きじゃないわ。そこが違うのよ」

「そう思うわ。子供が好きだってことは、別のことなんだもの」

「その通りよ。子供たちって、違う人種だもの……」

スーラは、ハナの言葉だけを聞いた。その宣告をきいて、飛ぶように階段を駆けあがった。そして、どうしていいかわからず、目のなかに刺すような痛みを感じながら、窓辺に立ってカーテンの端をいじっていた。すると、ネルの呼び声が漂いあがって窓のなかまで入りこみ、彼女を暗い想いから引き離し、もう一度明るく暑い陽光のなかへ連れこんでくれた。

二人は、道中の大半を走っていった。

川が広くなっているところへ向かって走ったのだが、そこでは家族のように木々が固まって、下の地面に暗い影を落としていた。二人は、何人かの男の子たちが、泳ぎ、水のなかでおどけ、口にしている言葉がわからないほど笑いころげているそばを通りすぎた。

二人は陽光のなかを、風をまき起こしながら走った。その風が、服を濡れた肌にまといつかせた。葉がからみあった四本の木が涼しそうな蔭を作っている広場のようなところに着くと、二人は四つの隅がある木蔭に身を投げ出し、くちびるの上の汗の味を味わい、突然訪れた荒々しい気分をじっとかみしめた。二人は草の上に横たわった。二人の額はほとんど触れあいそうで、からだのほうはお互いに一八〇度の角度をなして一直線に伸びていた。スーラは、片方の腕に頭をのせていたが、ほどけた三つ編みの髪が手首にまきついている。ネルはひじをついた姿勢で、長い草の葉を指で押したり引っぱったりした。そこはひどく涼しかったので、服の下で肌が引きしまったり震えたりした。彼女たちの小さな乳房はちょうどその頃、腹ばいになっていると、何となく居心地の悪い快感を感じさせはじめていた。

スーラは頭をあげ、ネルといっしょになって草をもてあそびはじめた。一度もお互いに目は見かわさないまま、二人は共同して草の葉を上から下へ、上から下へ指でこすった。ネルは太い一本の木の枝を見つけ、親指の爪で皮を引き剝がし、ついに、外気に触れたことのない、なめらかで、クリーム色の肌をむき出しにした。スーラは、あたりを見まわし、やはり同じような木の枝を見つけた。こうして、二本とも木の枝を裸にしてしまうと、ネルはやすやすと次の段階に移り、根のある草を引き抜いて、むき出しの地面を作りはじめた。気前のよい草むしりが終わると、スーラは、木の枝でそのなかに複雑な模様を描いた。最初ネルは、スーラと同じことをするだけで満足していた。だが、まもなくあきたらなくなって、自分の小枝をはげしくリズミカルに地面に突き刺し、小さなきれいな穴を掘った。穴は、小枝をほんの少し動かすだけで、だんだん深く広いものになっていく。スーラもそのまねをして、まもなく、めいめいが、コップ大の穴をほった。するとネルは、もっと入念な穴掘りを始め、ひざをついて注意深く泥をすくいとり、穴をますます深いものにした。二人はいっしょにこの作業を続け、終わりに二つの穴はまったく同じものになった。その深さが小さな洗い桶《おけ》の大きさになったとき、ネルの小枝が折れた。彼女はうんざりしたような仕草で、折れた枝を作ったばかりの穴に投げこんだ。スーラも同じように、自分の枝を投げこむ。すると、ネルはびんのふたを見つけ、同じようにそれも投げこんだ。それから、めいめいがあたりを見まわし、穴に投げこむ屑《くず》はないか探した。紙切れ、ガラスのかけら、煙草の吸いさし。ついに、二人は目につくかぎりの小さなごみをすべて、そこに埋めた。それから、注意深く土をかぶせ、根こぎにした草でその墓全体をおおった。

二人とも、一言も口をきかなかった。

それから二人は立ち上がり、伸びをして、流れの速い冴えない色の水を見つめていたが、二人とも口にすることのできない動揺と興奮にとらえられていた。その瞬間、二人とも同時に草のなかに足音を聞いた。ぶかぶかのニッカボッカをはいた小さな男の子が、川の下手の土手から上ってくるところだった。彼は、二人の姿を見て立ち止まり、鼻の穴をほじった。

「おまえのお母さんが、はなくそ食べるのよしなって言ったじゃない、チキン」と、ネルが両手をラッパ型にして、彼に向かってどなった。

「だまれ」と彼は、相変わらず鼻の穴をほじりながら言った。

「ここに来て、そんなこと言ってみな」

「あいつは放っておきなよ、ネル。おいで、チキン。いいもの見せてあげるからさあ」

「見たかねえよ」

「わたしたちがおまえのあれ取っちゃうってこわがってるんだろ？」

「あいつは放っておきなよ、って言ったじゃない。さあ、おいでよ、チキン。ほら。おまえを木に登らせてあげるから」

チキンは、スーラが指さしている木——枝が低く、すわるのにちょうどよい曲がりがたくさんある、大きな、枝分かれして二本になったブナの木——のほうを見た。

彼は、そろそろと彼女のほうに近づいた。

「おいでよ、チキン、登らせてあげるから」

彼はそれでもまだ鼻の穴をほじりながら、目を大きく見開いて、二人が立っているところまでやってきた。スーラは彼の手をとり、なだめたりすかしたりしながら連れて行った。彼らがブナの木の根もとに着いたとき、彼女は最初の木の枝に彼を抱えのせ、「のぼって、のぼって。つかまえていてあげるから」と言った。彼女は少年のあとから登ってゆき、必要な場合には、手とはげます声の両方で支えてやった。二人がこれ以上登れないという高さまで来たとき、スーラが川の遠い端を指さして言った。

「見える？　前にはきっとあんな遠いとこ一度も見たことないんじゃない、どう？」

「うん」

「じゃあ、あそこの下を見てごらん」二人ともほんの少し前かがみになって、目を細くして二人のほうを見ながら下に立っているネルを、木の葉越しにのぞいて見た。二人の高さからでは、ネルの姿は小さく、丈《たけ》が縮まって見える。

チキン・リトルが笑った。

「あんたたち、首の骨を折る前に降りてきたほうがいいわよ」とネルがどなった。

「おれはな、どうしても降りねえぞ」と少年がどなりかえした。

「ほんと。降りたほうがいいわよ。さあ、降りよう、チキン」

「いやだ。離せよ」

「ねえ、チキン。さあ、降りよう」

スーラは、彼の脚をやさしく引っぱった。

「離せったら」

「オーケー。じゃあ、あんた、おいてくよ」彼女は降りはじめた。

「待って！」と彼が金切り声で叫んだ。

スーラは足をとめ、二人はいっしょにゆっくり、下まで降りてきた。

チキンはまだ興奮していた。「おれ、あの高いとこまで登ったんだぞ、そうだな？ なあ、そうだろ？ おれ、あにきに話してやるぞ」

スーラとネルは彼の口まねをしはじめた。「おれ、あにきに話してやるぞ。おれ、あにきに話してやるぞ」

スーラは彼の両手をつかんで上に引っぱりあげ、外側に一振りし、それからぐるぐる振りまわした。彼のニッカボッカが風船のようにふくれあがり、こわさを喜ぶ叫び声が、小鳥や太ったバッタをびっくりさせた。彼のからだが彼女の両手からすり抜け、ふわっと宙に浮かんで水に落ちていったとき、二人はまだ泡立つような笑い声を聞くことができた。

川の水が黒ずみ、たちまちチキン・リトルが沈んだ場所を閉ざした。スーラが川岸に立って水中の閉ざされた場所を見つめている間中、固く握りしめた彼の小さくて硬い指の圧力が、まだ手のひらに残っていた。二人は、彼が笑いながら浮かび上がってくると思っていた。それで、少女は二人とも、じっと水面を見つめていた。

ネルが最初に口を開いた。「誰かが見たわ」ひとつの姿が、突然向こう岸に現われたからだ。

向こう岸にある唯一の家は、シャドラックの家だった。スーラは、ネルのほうをちらと見た。恐怖が鼻孔をふくらませる。彼は見たのだろうか？

今では、川の面はまったく静かになっている。灼《や》けるような太陽のほかは何もなく、何かが新しく失われてしまったのだ。スーラは、一瞬両手で顔をおおい、それから向きを変えて、川を横切り、シャドラックの家に通じる小さな板橋を駆けあがった。小道はついていなかった。まるで、シャドラックもほかの人も、こちらの道から来たことは一度もない、というかのように。

彼女の走り方はすばやく、決然としていたが、彼の家のポーチに通ずる三段の小さな踏段の近くにきたとき、恐怖が胃のなかまではいこんできた。それで、たったいまうしろの川に沈んでいったもののことを考えて、ようやくスーラは勇気をふるい起こし、三つの踏段をのぼってドアをノックした。

答えはない。彼女は帰りかけたが、もう一度静かな川面《かわも》のことを考えた。シャドラックは家のなかにいて、ドアのうしろに身をひそめ、飛びかかろうと待ちかまえているのかもしれない。だが、それでも彼女は帰っていくわけにはいかなかった。そこで、指の先でできるだけそうっとドアを押し開け、蝶番《ちょうつがい》が軋る音だけを聞いた。もう少しだ。こうして彼女は、家のなかに入った。たったひとりで。家のなかが清潔で、整然としていることに驚いたが、もっとびっくりしたのは、安らぎにみちていたことだ。すべてがとても小さく、ふつうで、脅かすような感じはまったくない。ひょっとしたら、ここはあのシャドの家ではないのかもしれない。ペニスを突き出して歩きまわり、婦人や女の子の前で平気で小便をする恐ろしいシャド、白人をののしり、罰を受けないですむ唯一の黒人、通りでびんの口から酒を飲み、通りから通りへ大声で叫び、カウベルを鳴らして歩く男。この小屋があの人の？　この古くてすてきな小屋が？　ベッドもきちんと作ってある家、ぼろ布を編んで作った敷物《しきもの》と木のテーブルがおいてあるこの家が？　スーラは小さな部屋のまん中に立ち、驚きのあまり、自分が何のためにここに来たのか忘れた。そのとき、入口のところで物音がしたので、彼女はとび上がった。彼がそこの入口にいて自分を見つめている。彼が入ってくる音は聞こえず、いま彼がこちらを見つめているのだ。

恐ろしいと思うよりきまりが悪くなって、彼女は眼をそらした。それから、ありったけの勇気をふるい起こして彼を見返したとき、その手がドアの枠《わく》にかかっているのが見えた。

かろうじて木に触れている彼の指は少し曲げられて優美な曲線を描いている。ほっとすると同時に勇気づけられて（あんな手をした人は誰も、木のまわりにあんなにやさしい曲線を描く指を持ってる人は誰も、わたしを殺せやしないわ）、彼女は彼のそばを通りぬけてドアから出て行った。その間中、彼の視線がずっと自分の姿を追っているのを感じながら。

ポーチの端まで来たとき、彼女は、あっという間になくなりかけていた勇気のかけらをかき集め、振り返って彼を見た。彼に訊くつもりだった、あんたは……？

彼はほほえんでいた。すばらしいほほえみ、欲情と機が熟したという思いがこもったほほえみ。彼はまるで問いに答えているかのように、うなずいて言った。気持ちのよい、打ちとけた口調、冷たくしたバターのような口調で。「ずうーっとだよ」

彼女は大急ぎで踏段を駆けおり、緑と灼熱の陽光のなかを、ネルのところ、水面が黒く閉ざされたところへ逃げ帰った。そこで彼女は、わっと泣き出した。

ネルが彼女をなだめた。「しーっ、しーっ。泣かないで、泣かないで。わざとしたことじゃないんだから。あんたのせいじゃないのよ。しーっ、しーっ。さあ、行こうよ、スーラ。さあ、おいで。彼、あそこにいた？　彼見たの？　あんたの服のベルト、どうしたの？」

スーラは、ネルがベルトを探して腰のまわりを調べている間、頭を横に振っていた。

とうとう彼女は立ち上がって、ネルの手にひかれて歩きはじめた。「彼は〝ずうーっと、ずうーっとだよ〟って言ったわ」

「なんですって？」

二人が丘を下って行く間、スーラは口をおおっていた。ずうーっと。彼は、彼女が訊きもしない問いに答えてくれたのだった。そして、その将来を約した言葉が彼女を慰めてくれた。

はしけの船頭が、その日の午後おそく、棹で岸辺を突いて舟を漕ぎ出そうとしていたとき、チキンを発見した。チキンは、いくつかの岩と水草の間にはまりこんでいて、脚のまわりで半ズボンが風船のようにふくらんでいた。船頭は、死体をそのまま放っておこうと思ったが、それが子供で、最初ちらと考えたような黒人の年寄りではないことに気がついたので、死体を棹で突ついて岩の間から出し、網をかけて、舟の上に引き揚げた。彼は、自分の子供を溺《おぼ》れ死にさせるような親にうんざりして、首を横に振った。いつになったらこの連中は、動物以外の何かになれるんだろう、らばの代役以外にはどんなことにも適さない状態から抜け出せるんだろう、と考えた。ただ、らばは、ニガーの連中がやっているようなお互いの殺しあいはしやしないさ。彼はチキン・リトルを麻布の袋に投げこみ、いくつかの卵のかごと、ウールの布地が入った箱の隣りに投げあげた。それからしばらくして、煙草を喫おうとからっぽのラードの缶の上に腰をおろし、まだぼんやりと神の呪いや、黒人たちの地位を高めるという自分の民族が背負った大変な重荷について考えていたとき、急に、この暑さでは死体が恐ろしい臭いをたて、それがだいじな毛織物に浸みこむかもしれないという考えに取りつかれて、はっとした。そこで、その袋を引きずり出し、鉤《かぎ》で船ばたにつるした。その結果、チキンのからだは、半分水のなか、半分水の外に出ていることになった。

首の汗をふきふき、彼はポーターズ・ランディングの郡保安官のところへ、発見物の報告に行った。保安官は、この郡にはニガーはいないはずだ、だが、川向こうの、メダリオンの上のほうの丘には、何人か住んでるようだな、と言った。はしけの船頭は、あそこにわざわざ引き返すことなんざできませんぜ、二マイルはたっぷりあるんですからね、と言った。保安官は、どうしてあんたは、そいつをもう一度水のなかに投げすてなかったんだね、と言った。船頭は、そもそも最初に、あれを水から引き揚げるんじゃなかった、と言った。とうとう彼らは、一日に二回はしけを渡している男をつかまえ、翌朝死体をそこへ送り届けることを承知させた。

そういうわけで、チキン・リトルは三日間行方不明になっていて、四日目になってようやく死体の防腐保存係のところへ到着した。そのときまでに彼の姿は、生前彼を知っていた誰が見ても、ほとんど見分けがつかない状態になってしまい、母親ですら、心の奥底から息子だと確信したわけではなかった。ただ、誰も彼を見つけることができなかったので、それが息子にちがいないと納得しただけだった。彼女が地下の死体置場のテーブルの上に子供の服が並べてあるのを見たとき、その口はぴったり閉ざされた。それから、息子のなきがらを見たとき、口はふたたび大きく開かれた。彼女が口を閉じて最初の音を出せるようになったのは、七時間あとのことだった。

このようにして、棺《ひつぎ》のふたが閉じられた。

白い服を着た少年合唱団が、〈主よみもとに近づかん〉と〈とうとき思い出〉を歌ったが、彼らの目は見る必要のない讃美歌の本に貼りついたようになっていた。彼らの声が本物の葬式を司《つかさど》ったのは、それがはじめてだったからだ。

ネルとスーラは葬式の間中、お互いの顔を見もしなければ、手に触れもしなかった。二人の間には、ある空間、あるへだたりが生じていた。ネルの両脚はまるでみかげ石になったようで、今にも保安官やディール牧師の糾弾する指が自分に向けられるような気がした。彼女は、自分が「何もしなかった」ことを知ってはいたものの、有罪の宣告を受け、教会の座席のその場所で——両親から二列うしろの子供用の席で——縛《しば》り首にされそうな気がした。

スーラは、ただ泣いただけだった。声もたてず、息をつくためにあえいだり、苦しそうに息を吐いたりもせず、涙が口のなかに流れこみ、あごからすべり落ちて服の胸もとに丸いしみを作るままにしていた。

ディール牧師が進み出て説教を始めると、女たちの両手は、大鴉《おおがらす》の一対《いっつい》の翼のように広がり、帽子の上の大気中をたかだかと舞った。彼女たちは、彼の言ったことをみんな聞きはしなかった。一つの単語、または句、または抑揚《よくよう》を聞いただけで、それが、事件と自分たちを結びつけるよすがとなったのだ。ある人々にとっては、それは「とうときイエス」という言葉であって、彼女たちは神の小羊たるキリストの眼と、実際に何の罪もないいけにえ、つまり自分自身の姿を見た。彼女たちは自分たちの心の片隅に、砂糖入りのバターつきサンドイッチをもった罪のない子供がかくれていることを認めていた。あの子のことだ。彼女たちの太った肌、やせた肌、年取った、または若々しい肌の奥底に住んでいる子。それは世間が傷つけた子だ。でなければ、彼女たちは最近殺された息子のことを考え、ショートパンツをはいた彼の脚を思い出し、どこに弾丸がくいこんだのだろうと考えた。あるいはまた、父が家を出たとき、どんなに部屋が汚く見えたかを思い出し、あのほっそりした、若いユダヤ人（キリストのこと）もこんなふうに感じたのだろうかと考えた。自分たちにとっては、息子と恋人の両方の役を果たす若者、そのうぶ毛の生えた顔を見ると砂糖入りのバターつきサンドイッチを思い出し、この世にあるかぎりのもっとも古くてつらい痛み、つまり、子供時代の痛みではなく、その痛みの記憶、を思い出させる若者も、同じように感じたのだろうかと考えた。

そのあと、人々は教会の席から立ち去った。なんらかの感情を吐露《とろ》したくなったからだ。

彼らはおしゃべりをした。胸がいっぱいになっていて、ものを言う必要があったからだ。彼らはからだをゆすった。哀しみや陶酔《とうすい》の小川は、ゆすってやらなければならないからだった。そして、小さな閉じられた棺にしまいこまれたすべての生と死のことを考えて、彼らは踊り、金切り声をあげた。神の意志にさからうためではなく、それを認め、神の御手を避ける唯一の方法はそのなかに入りこむことだという自分たちの確信をいまひとたび確かめるために。

墓地の黒人用の区画のなかで、人々はチキン・リトルを彼の祖父と叔母の間に埋めた。いくつかの蝶が、今では棺台の上から外され、小さな固まりになって墓の端におかれている野に咲く花の束に、舞いこんだり、舞い出たりしていた。暑さは去っていたが、ヤナギの葉をゆらすほどの風はまだ起こっていなかった。

ネルとスーラとは、墓から少し離れたところに立っていた。教会の椅子にすわっていたとき二人の間にあったへだたりは消えていた。彼女たちは手を取りあい、棺だけが土のなかに横たわるのだということ、あの泡立つような笑いや、てのひらに残った指の圧力は、永久に土の上に留まることを知っていた。最初、そこに立っていたとき、二人の手はしっかり握りあわされていた。しかし、徐々に握り方が弱まり、家まで歩いて帰る途中、二人の指は、手をつなぎあった二人の若い女友だち、ある夏の日、道を小走りで歩いていきながら、冬の間、蝶はどうなるのかしらと考えている二人組の女の子にふさわしく、やさしく絡《から》みあっていた。

1923

二番目に起こった奇妙な事件は、ハナが、からっぽのボウルと一ペック（八・八リットル）ばかりのケンタッキー・ワンダーズ（さや豆の一種）を抱えて、母親の部屋に入り、「母さん、わたしたちを愛したことがあって？」と訊いたことだった。ハナはその言葉を復活祭《イースター》に詩の暗《あん》誦《しょう》をする小さな子供さながら、歌うように言った。それからひざまずいて床の上に新聞紙を広げ、その上にかごをおいた。ボウルは両足の間のすきまに抱えこんだ。エヴァはそこにただすわって、葬式のときホッジスさんの斎場から取ってきた厚紙製のうちわであおぎながら、ハナの言葉のあとに訪れた静けさにじっと聞き入っていたが、やがて、窓の近くで囚人ごっこをしていたデューイ兄弟に向かって、「出てお行き！」と言った。めいめいが自分の靴の紐を相手の靴紐と結び合わせていたので、彼らはころがるようにエヴァの部屋から出て行った。

「さあ」と、エヴァは車椅子に乗ったまま、娘のほうを見上げた。「もう一度言っておくれ、わしの頭にわかるように、はっきりとね」

「わたしが聞きたいのは、わたしたちを愛したことがあるかってことよ。わかるでしょ。わたしたちが小さかった頃のことよ」

エヴァの手は、かたつむりのようにゆっくりりものの上を降りてゆき、足の基部のほうへ動いていきかけたが、途中で急に止まって、スカートのひだを直す仕草をした。「いいえ、愛していたとは思わないね。おまえが考えてるような仕方では愛さなかったよ」

「ああそう。わたしはただ、どうかなって考えていただけなの」ハナは、この話題はもうおしまい、と言っているように見えた。

「悪魔の問いを聞いたことがあるとすりゃ、まさにそれだね」エヴァのほうは、まだ話を終わらせる気はなかった。

「別に意味はなかったのよ、母さん」

「別に意味はなかった、ってのはどういうつもりだい？　なんかの意味がなくて、どうして訊いたのかい？」

ハナは、ケンタッキー・ワンダーズの先をつみとり、長いさやをパチッと音をさせて開いた。割れる音、裂ける音、それからすばやい指の動きがいっしょになって、彼女は何か複雑な楽器の演奏をしているように見える。エヴァはわずかな間、彼女を眺めていたが、やがて言った。「おまえ、それを缶詰にするのかい？」

「いいえ。これは今晩のおかずよ」

「少しは缶詰にするのかと思ったよ」

「ポールおじさんがまだ持ってきてくれないのよ。一ペックじゃ、缶詰にするには足りないわ。彼、わたしのために二ブッシェルとってあるって言ってたわ」

「ろくでなしが」

「あら、彼はいい人よ」

「たしかに彼はいい人さ。誰も彼もみんないい人さ。母さんだけが違うんだろ。母さんは、よくないたった一人の人間なんだ。だってそうじゃないか、母さんはわたしたちを愛してくれなかったって、言うんだから」

「ああああ、母さん」

「ああああ、母さんだって？　ああああ、母さん？　おまえは、無事に丈夫に育ってきてここにすわり、わしがおまえを愛していたかって、訊くんだね？　おまえの頭についているそのでっかい目は、わしの目が節穴《ふしあな》でなけりゃ、ずっとうじ虫だらけの二つの節穴だったんだね」

「そんなつもりじゃなかったのよ、母さん。母さんがわたしたちみんなを養ってくれたことは、わかってるの。わたし、それとは別のことを言ってたの。そのう、そのう。わたしたちと遊んでくれたことがあったかな、というようなこと。母さん、わたしたちといっしょに遊んでくれたことある？」

「遊んだかって？　一八九五年には、誰も遊んじゃいなかったよ。いまおまえたちが楽《らく》をしてるからといって、いつも暮らしがこんなに楽だったと思っているのかい？　一八九五年は人殺しの年だったんだよ、おまえ。何もかもうまく行かなかった。ニガーたちはハエのように死んで行ったものさ。威張《いば》った口をきくんじゃないよ。ポールおじさんがおまえに、二ブッシェル持って来てくれるんだって？　ああ、そうだろうとも。それから、階下《した》にはメロンがあるじゃないか、ええ？　そのうえ、わしは毎土曜日パンを焼くし、金曜にはシャドが魚を持ってきてくれるし、それから、トウモロコシの粉でいっぱいの豚肉用の樽《たる》もあるし、酢入れの壺《つぼ》には卵を浮かしてるし……」

「母さん、何の話してるの？」

「わしはね、わしがおまえとパールとプラムと三本のビートを抱いて五日間あの家にこもっていた千八百と九五年のことを話しているのさ、この蛇みたいな目をした恩知らずの、あばずれめ。わしの持物といったら三本のビートしかなかったというのに、わしが小さながきどもと遊んで、あの古くてちっちゃな部屋をとびまわっていたら、どんなふうに見えたと思う？」

「そのビートの話は知ってるわ、母さん。その話は、百万べんも聞かされたもの」

「そうかい？　それで？　それが大事なことじゃないのかい？　それが愛じゃないのかい？　おまえは、わしがおまえのあごの下で鈴を鳴らして、おまえの口のなかの痛いところは忘れてしまうほうがいいのかい？　パールの大便には虫がまじっていたというのに、わしが、おててつないで、なんて遊んでたとでも思いたいの？」

「でも母さん、ときにはそんなこと考えないでもすむ時間があったはずじゃ……」

「なかったよ。そんな時間はありゃしなかった。全然なかったよ。一日がやっと終わると、すぐ夜がやってくる。おまえたちはみんな咳をしていたもんだから、肺病がおまえたちをみんなさらって行きはしないかと、わしは一生懸命見張っていたんだ。おまえたちが静かに眠ってるときにゃ、考えたもんさ、あの子たちは死んでるんじゃないか、って。それでわしは、本当に息をしてるかどうか見るために、おまえたちの口の上に手をかざしてみたもんさ。わしがおまえたちを愛してたかって訊くなんて、おまえはいったい何のことを言っていたんだね。わしはおまえたちのために生きてきたんじゃないか。おまえのぼんくら頭にはそれさえわからないのか。でなきゃ、おまえの耳と耳の間には何がついているんだい？　この若い牝牛《めうし》め」

ハナはもう、夕食には充分な豆をむき終えていた。トマトが少しと焼きたてのパンがあれば、と彼女は考えた。それだけでみんなにたっぷり食事が作れるわ、とくに、デューイ兄弟ときたら野菜は食べないんだから。本当にどうしてかしら。エヴァはあの子たちに一度もむりに野菜を食べさせようとはしない。その上タール・ベイビーはこの頃空気と音楽を食べて生きているみたい。彼女はかごを取りあげ、それと豆のボウルをもって、母親の上にのしかかるような姿勢で立った。エヴァの顔は、まだ最後の問いを問いかけていた。ハナは、じっと母親の眼をのぞきこんだ。

「だけど、プラムのことはどうしたの？　何のためにプラムを殺したのよ、母さん？」

それは八月の水曜で、氷売りの車が何度も何度もまわってきた。その運転手のきれぎれの呼び声が聞こえてきた。ジャクソンさんのおかみさんが、いま、ころがるように玄関の石段を走り降りてくる。「ほんのちょっぴりだよ。おまえさん、ほんのひとかけらわけてもらえる分、そこにあるかね？」見習いの頃からそのくらいの氷はちゃんと用意していたので、彼は次のように言いながら、一固まりの氷を彼女に手渡す。「はい、気をつけて、ジャクソンさんのおかみさん。その帽子は、あんたのきれえな首を死ぬほどくすぐるだろうて」

エヴァは氷売りの車が通る物音に耳を傾け、貯氷庫のなかはどんな感じだろうと考えた。彼女はほんの少しうしろにもたれかかり、目を閉じて、貯氷庫のなかの感じを思い浮かべようとした。それは、この暑さのなかでは、薄暗くて気持ちのいい感じだったが、それがいつの間にか、かつて真っ暗な屋外便所のなかで赤ん坊を抱いてしゃがんでいたあの冬の夜の思い出につながった。赤ん坊のお尻の穴を探っていた彼女の指、缶の側面からこそぎとり、慎重に中指の先にのせた最後の一かけらのラード、彼女が指をさし入れるとき、彼を傷つけまいと取っておいた最後の一かけらのラード。すべて、彼女が汚水壺を割ってしまい、台所くずが凍ってしまったためだった。彼女が宿便を引き出そうと赤ん坊の腸を押し開いたとき、痛くないようにお尻に詰めこんだ家中で最後のだいじな食物。彼は殺されかけたような金切声をあげて泣きわめいたが、彼女がとうとう穴を見つけて指を突き入れたとき、そのショックがあまりに大きかったので、ふいに泣きやんだ。エヴァはいま、メダリオンに住む人なら誰でもおぼえている今日というこのいちばん暑い日——あんまり暑いのでハエも眠り、猫も鳥の羽のように四肢《しし》を広げて横たわっている日、あんまり暑いので、みごもった妻が木によりかかって泣いた日、また、三カ月前に受けたつらい仕打ちを思い出した女が研磨用の粉ガラスを恋人の食物に入れ、男は食物を見てそのなかにガラスが入っているのではないかと思ったが、あんまり暑くて何か食べずにはいられなかったので、とにかくそれを食べてしまった日——熱波続きの毎日のなかでいちばん暑かったこの日でさえ、エヴァはあの屋外便所の身をかむ寒さと悪臭を思い出して、身震《みぶる》いした。

ハナは待っていた。母親のまぶたを見つめながら。エヴァがついに話しはじめたとき、それは二つの声が語っているようだった。二人の人間が同時に同じことを話しているときのように、一方の声がもう一人の声より一秒の何分の一か遅れているように聞こえた。

「あの子はこのわしを、本当に苦しめたんだよ。本当に苦しめた。生まれてきたくはなかったようにさえ見えた。でも、生まれてきた。男の子を生むのは苦しいもんだよ。おまえにはわからないだろうけど、本当のことさ。あの子を生んで、あの子を生かしておくことは、まったく大変なことだった。ただあの子のちっちゃな心臓の鼓動《こどう》を止めないで、あの子のちっちゃな肺をきれいにしておくだけでも、大変なことだったよ。それなのに戦争から帰ってきたとき、あの子は元にもどりたくなったようだった。ただあの子を生んで、あの子を生かしておくだけに、あれほど苦労してがんばったというのに、あの子はわしの子宮にはいもどりたがっていた。それから……たとえ彼にはそんなことできたとしても、わしにはあの子を入れてやる余地なんかありゃしなかった。わしの子宮のなかには、あの子を入れてやる空間なんてなかったんだよ。それなのに、あの子ははいもどろう、はいもどろうとするのさ。どうすることもできず、赤ん坊みたいなことを考え、赤ん坊みたいな夢を見、またパンツを濡らして。四六時中にやにやしながらさ。心のなかなら余地はたっぷりあったけれど、子宮のなかにはなかったんだよ。もう、ありゃしないよ。わしは一度、あの子を生んだんだからね。わしは、もう一度そんなことはできなかった。あの子は大人になったんだから。大きな、立派な大人だったからね。神よ、あわれんでください。わしは二度あの子を生むことなんかできはしなかった。わしは夜ここに寝ていて、あの子は階《し》下《た》のあの部屋に寝ていたんだよ。だが、わしが目をつむると、あの子が見えるんだよ……六フィートの大男がにやにや笑いながら、わしに聞こえないように抜き足さし足で梯子段《はしごだん》をのぼり、わしに聞こえないようにドアをそうっと開け、ベッドのところに忍び寄り、わしの脚を開いて、わしの子宮に帰ろうとするのさ。あの子は大人だったんだよ、おまえ。

立派に一人前の大男さ。そんな大男を入れる余地なんてわしにありっこないだろ。わしはずうっと夢を見ていたんだ。そして、夢を見ながら、それが本当のことだってわかってた。ある晩、それが夢じゃなくなるってことがね。それが本当のことになって、わしに入れてやるだけの余地さえありゃ、入れてやったろうさ、あの子のするままにさせてやったろうさ。だが、あんな大きな大人は、もう母さんのお腹のなかに包みこまれる赤ん坊にはなれないんだよ。窒息《ちっそく》してしまうよ。わしは、あの子がわしのところを出て、うまくやって暮らしてゆき、男らしくなるように、できるかぎりのことはしてやったけど、あの子は言うことはきかず、わしはずっとあの子を近寄らせないようにしてなけりゃいけなかった。それでわしは、あの子が男らしく死ねるやり方を考えついただけなのさ。わしの子宮のなかで、ぐしゃぐしゃに押しつぶされるんじゃなくて、男らしく死ねるやり方をね」

エヴァは、涙のせいでハナの姿をはっきり見ることができなかった。しかし、とにかくハナのほうを見上げて、弁解のためか、説明のためか、またはたぶん話をきちんとしようとして、言った。「でも、はじめわしは、あの子をしっかり抱いてやったんだよ。本当にしっかりとね。かわいいプラム。わしのあかんぼ息子」

ハナが向きを変えて部屋から出て行ったあとも長いこと、エヴァは、指で服のひだをきちんと整えながら彼の名前を呼び続けた。

ハナは部屋から出て台所へ行ったが、古い男物のスリッパは階段からすべり落ち、堅材の床にころがった。彼女は水道の栓《せん》をひねって、水の勢いで固くもつれあったケンタッキー・ワンダーズをほぐし、ボウルの上まで浮かび上がらせた。それから、指でそれをかきまわし、水を注ぎ出して、その作業を繰り返した。緑色の筒形のさやが表面に浮かび上がってくるたびごとに、彼女は浮き浮きした気分になり、一度に両手がいっぱいになるほどすくいあげ、二、三本ずつまた水のなかに落としこんだ。

流しの窓越しに、彼女はデューイ兄弟がまだ囚人ごっこをしているのを見ることができた。彼らはお互いの足首をいっしょに縛っているので、つまずき、やっとのことでもう一度立ち上がり、縦に一列になって歩こうとした。めんどりたちは、一方の目でデューイ兄弟を疑わしそうに眺め、もう一方の目で、シーツや密閉広口びんが沸騰《ふっとう》している炉床を眺めながら、気取って歩いていた。こんな暑さのなかで遊ぶことができるのは、デューイ兄弟だけだった。ハナはケンタッキー・ワンダーズを火にかけ、急に眠くなったので、横になるつもりで玄関脇の部屋に行った。そこは、ほかのところ以上に暑かった。陽の光をさえぎるために窓を閉めきっていたからだ。ハナは、寝椅子から垂れ下がっていたショールを真っ直にして、横になった。それから、真紅の花嫁衣裳を着て結婚式をしている夢を見たが、スーラが入ってきて、彼女を起こした。

しかし、二番目に起こる奇妙な事件の前に、まずひどい風が吹いた。風のほうが先だった。ハナがエヴァに向かって子供たちを愛したことがあったかと訊いた日のちょうど前の晩、風が丘の上に吹き荒れ、屋根を鳴らし、ドアをがたがたにした。ありとあらゆるものがゆれ、ボトムに住む人々はこわがったが、雨になると思ってそれを歓迎した。窓が外れて落ち、木々は枝を吹き折られた。人々は最初の稲妻《いなずま》がひらめくのを待って、夜半すぎまで起きていた。ある人々は雨水を受けるために、樽の蓋《ふた》を取りさえした。彼らは雨水を飲んだり、それで料理するのが好きだったからだ。こうして雨を待ち受けたが無駄だった。稲光《いなびかり》も、雷も、雨も何もやって来はしなかったからだ。ただ風だけが吹きすさび、空気中の湿気を取り去り、庭をめちゃくちゃに荒らし、やむ気配も見せなかった。ボトムの丘はいつものことながら、白人たちが住んでいる谷間の町を守るかたちになった。それで翌朝、白人たちはみんな、前より湿気のない暑さになったので喜んだ。それで早くから仕事にかかった。缶詰を作る季節になっていたし、風が今度は冷たい雨を伴って、また吹き出さないとはかぎらなかったからだ。谷間で働いていた黒人たちは、朝の四時半に起き出して、空を見上げた。空にはもうすでに、さかりのついた白人のあばずれ女のような太陽が昇りかけていた。彼らは帽子のふちを脚にたたきつけてからそれを頭にかぶり、誰も守りたいとは思わない昔の約束のように、道をとぼとぼと降りていった。

木曜日、ハナがエヴァのところに油でいためたトマトと、幸運を祈って白身を取り除いた柔らかいスクランブル・エッグを持ってきたとき、彼女は、赤い服を着た結婚式の夢の話をした。二人ともわざわざ夢の本を見て、その内容に当たる数字を探そうとはしなかった。二人ともそれが五二二番だということを知っていたからだ。エヴァはバックランド・リードさんがやって来たら、その数字でナンバーゲームをやってみようと言った。あとでハナの事件を思い返すたびに、それが三番目の奇妙な出来事だと思ったものだ。彼女はそのときでさえ、おかしなことと思ったのだが、夢のなかの赤い色で混乱してしまった。しかし、それが果たして三番目と言えるのかどうか、彼女にははっきりしなかった。スーラがいたずらばかりしていて、デューイ兄弟をじらしたり、新婚夫婦にいらぬおせっかいをやいたりしていたからだ。スーラは十三歳になっていたので、そのうち彼女の気性もだんだん落ちついてくるだろうとみんなは考えていたが、彼女のふくれっ面や、いらだちをがまんするのはむずかしかった。スーラの目の上のあざは、だんだん黒くなり、ますますバラの茎と花に似てきた。彼女はいろんなものを取り落としたり、新婚夫婦の食事を食べたり、デューイ兄弟を風呂に入れなきゃいけないから、わたしが三人を風呂に入れてやるわ、と言いだしたりして、みんなを悩ませはじめた。デューイ兄弟は、水のことを考えただけで手がつけられなくなり、子馬のように、泣いたりどなったりしながら家中を走りまわった。

「ぼくら、そんなことする必要ないだろ？　彼女が言うことしなきゃなんないのかい？　土曜じゃないんだぜ」彼らは、タール・ベイビーさえ起こしてしまった。彼は部屋から出てきて彼らを眺め、それから家を出て、音楽を聞きに出かけた。

ハナは彼らを無視して、地下室から密閉広口びんを持ち出し、それを洗い続けた。エヴァは杖《つえ》で床を叩《たた》いたが、誰も来なかった。お昼までに騒ぎはおさまった。デューイ兄弟は逃げ、スーラは自分の部屋に引き揚げたか、どこかへ行ってしまったか、のどちらかだった。新婚夫婦は朝の愛の行為で元気になり、その日の仕事を探しに出て行ったが、仕事は見つからないだろうという確信さえ、幸せなものに思われてくるのだった。

ボトムをおおう大気中には、皮をむいた果物と煮えている野菜の匂いがねっとりとこもっていた。とりたてのトウモロコシ、トマト、サヤエンドウ、メロンの皮。女や子供たち、それに定職をもたない年寄りの男たちが、知りすぎるほどよく知っている厳しい冬に備えて、貯蔵食料を作っていた。桃は広口のガラスびんに詰め、黒いサクランボもそうした（あとで、少し涼しくなったときに、ゼリーやジャムを作るのだ）。欲張りな人々は、一日にびん詰を四十二箇作った。そのうちの何人か、たとえばいつも氷を食べるジャクソンさんのおかみさんのような人は、一九二〇年に作ったびん詰をいまだに持っていたが。

エヴァは、櫛をとろうとドレッサーのところまで車椅子をころがしていく前に、窓から外を眺め、ハナがかがみこんで裏庭で火をたきつけているのを見た。それが五番目の（もしスーラの大さわぎを数に入れなければ、四番目の）奇妙な事件だった。櫛は見つからなかった。掃除《そうじ》をするとき以外は、誰もエヴァの部屋のものを動かすことはなかったし、動かしたものはみんな、きちんと元にもどしていた。それなのに、どこにも櫛はない。片方の手で三つ編みにした髪をほどき、もう一方の手でドレッサーの抽出《ひきだ》しを探しながら、エヴァがちょうどいらいらしはじめたとたん、ブラウスの入っている抽出しのなかで手が櫛に触れた。それから、髪をとかしている間、多少とも微風に当たれるものなら当たりたいと思い、彼女は窓のところまで車椅子をころがしてきた。車椅子を窓際に寄せたちょうどそのとき、ハナが火だるまになっているのが見えた。裏庭の焚火《たきび》の焔《ほのお》が青い木綿の服をなめ、ハナは死の舞踏をしている。エヴァには、この世の物事に潮時《しおどき》があるとしたら、今こそすぐ窓からとび出して、自分のからだで娘を包んでやらねばならない、ということがわかった。それで、よい方の足に力をこめて重いからだを持ちあげ、こぶしと腕で窓ガラスを叩き割った。それから、足の基部を窓敷居の上の支えにし、よい方の足をてこにして、窓から身をおどらせた。怪我をして血を流しながら、彼女は焔に包まれて踊っている人影めがけて自分のからだを投げ出そうとして、虚空《こくう》をつかんだ。しかし、狙いははずれ、からだは、ハナの煙から約十二フィート離れたところに叩きつけられた。その衝撃で一時気を失いそうになりながら、それでも意識ははっきりもって、エヴァは最初に生まれた子のほうへからだを引きずって行った。しかし、すでに正気を失っていたハナは、びっくり箱の人形のように上下にひょいひょいとからだを動かし、のたうちまわりながら、裏庭からとび出していった。

サッグズさん夫婦は、ちょうど表庭に缶詰機械をすえつけたばかりだったが、ハナが身をくねらせながら彼らのほうに走ってくるのを見た。二人は、「ひどい、ひどいことを」と小声で言い、身のしまった赤いトマトが浮かんでいる水桶をいっしょにもちあげ、その水を煙と焔に包まれた女に浴びせかけた。水はたしかに焔を消しはしたものの、ものすごい蒸気がたちのぼり、その蒸気が、美しいハナ・ピースの焼け残った肌をこがし、目塗りをしたようにいちめん真っ黒にした。彼女は、歩道に渡した木の板の上に横たわり、つぶれたトマトのなかでかすかに痙攣《けいれん》していた。顔はあまりにもすさまじい苦痛の仮面に変わっていたので、その場に集まった人々はその後何年も、その顔を思い出すたびに首を横に振ったものだ。

誰かが、彼女の脚にシャツをかけてやった。一人の女が頭に巻いていたぼろをとって、それをハナの肩にかけた。誰か別の人が、救急車を呼ぶためディックの食料雑貨店のほうへ走っていった。残りの人々は、垣根にもたれかかったひまわりの花のように、どうすることもできず、そこに立っていた。デューイ兄弟がやって来て、驚きのあまり眼をらんらんと光らせ、散乱したトマトのなかに踏みこんだ。二匹の猫が、焦げた肉の匂いに鼻をひくひくさせながら、群衆の足の間をそうっと走りぬけた。一人の若い女の子が吐きはじめたので、とうとう深い沈黙が破れ、女たちが、お互い同士や神に向かって話しはじめた。人々が口々に叫ぶ「なんてむごい」という声のただなかで、彼らの耳には、懸命に丘を登ってくる救急車のうつろな鐘の音は聞こえたが、死にかけたハナがささやく「助けて、あんたたちみんな」という言葉は聞こえなかった。それから誰かが、エヴァの様子を見に行かなければならないことを思い出した。彼らは、家の横のレンギョウの茂みのそばにうつむけに倒れ、レンギョウの下に生えたスイートピーやクローバーのなかを、ハナの名前を呼びながらにじり寄っていた彼女を見出した。母と娘はともども担架にのせられ、救急車のところまで運ばれた。エヴァの意識ははっきりしていた。顔の傷から血が眼のなかにいっぱい流れこんでいたので、彼女は目が見えず、ただ焼けた肉のなじみ深い臭いを嗅ぐことができただけだった。

ハナは、病院に行く途中で死んだ。とにかく、そういう話だった。いずれにしても、すでに泡のような火ぶくれがあんまりひどくなりかけていたので、葬式のとき、棺のふたは閉じたままにしておかねばならなかった。そして、ハナのからだを洗い、死出《しで》の装束《しょうぞく》を着せてやった女たちは、まるで自分たち自身が彼女の恋人だったかのように、焼け焦げた髪や、焼け縮んだ乳房を見て涙を流した。

エヴァが病院に着いたとき、人々は彼女の担架を床の上に下ろしたまま、もう一人の熱く泡立った肉体のほうにすっかり気を取られてしまい（彼らのうちの何人かは、それほどすさまじい火傷《やけど》の患者をそれまで一度も見たことがなかった）、エヴァのことを忘れた。エヴァは、そのまま放っておかれたら出血多量で死ぬところだったが、たまたま病院の雑役夫をしていたウイリ・フィールズ老人が、モップでふきあげたばかりの床が血で汚れているのを見、その血がどこから流れてくるか見に行った。エヴァの姿を見つけるとすぐ、彼は大声をあげて看護師を呼んだ。それで看護師が、一本足の血まみれの黒人女が生きているのか死んでいるのか確かめにやってきた。そのとき以来、ウイリは、おれがエヴァの生命を救ってやったんだぞ、と自慢して歩いた——これは、彼女自身も認めていた議論の余地のない事実だったが、そのため彼女は、その後三十七年間毎日彼をののしった。残りの生涯の間もずっとののしり続けたことだろうが、その頃エヴァはすでに九十歳に達していて、いろんなことを忘れてしまった。

病院の黒人専用病棟——それは、もっと大きい病室をつい立てで仕切った一画だったが——に横たわって、エヴァは、自分が完璧な天罰を受けたのだと考えた。彼女は結婚式の夢を思い出し、結婚式にはいつも死の意味があることを思いだした。それから真紅の衣裳。ああ、あれは火のことだったのに、どうしてあのときわからなかったんだろう。彼女はまた、そのほかのことも思い出した。どんなに一生懸命否定しようとしても、自分が地面に倒れ、スイートピーやクローバーのなかをハナのところへ近づこうとにじり寄ったとき、裏のポーチに立ってただ眺めていたスーラを見たことは打ち消しようがない。エヴァは、自分の子供の仕出かした過《あやま》ちをけっして隠すような人間ではなかったので、自分が見たと思ったことを数人の友だちに話した。すると、みんなは、それは当たり前だと言った。たぶん、スーラは、びっくりして口が利けなかったのよ、誰だって母親が火だるまになっているのを見たらそうなるわ、と言った。エヴァは、そうかもしれないね、と言ったが、心のなかでは同意しなかった。そして、スーラがハナの焼けるさまを眺めていたのは、驚きのあまりからだの自由が利かなくなったからではなく、興味をそそられたからだということを確信していた。

1927

年取った連中は、小さな子供たちといっしょに踊っている。若い男の子たちは自分の姉妹と踊り、歓びをからだで表わすこと（神の手がそれを命令したときでないかぎり）にたいして顔をしかめる教会の女たちは、こつこつ足で拍子《ひょうし》をとった。誰かが（花婿の父親だとみんなが言った）パンチのなかに一パイントびんのサトウキビ酒をまるまる注ぎこんだので、一杯ひっかけにこっそり裏口から出て行かなかった男たちや、生の黒ビールより強いものは血のなかに入れたことのない女たちでさえ、ほろ酔い気味だった。一人の小柄な男の子が蓄音器《ヴィクトローラ》のそばに立ち、ハンドルをまわしながら、バート・ウイリアムズの〈ちっちゃな夢をぼくに取っておいて〉の歌声にほほえんでいた。

エレーヌ・ライトでさえ、サトウキビ酒でうっとりして、敷物の上に酒をこぼしたからと誰かがおわびの言葉を言っても手を振って受けつけようとせず、チョコレート・ケーキが、赤いベルベットのソファの腕木に乗っていても、まったく気にしなかった。彼女の左胸のコウシンバラは、留めていたブローチからすべり落ちて、さかさまにぶら下がっている。子供たちがカーテンにくるまっていることに夫が注意をうながしても、ただほほえんで、「あら、好きなようにさせとけば」と言うだけだ。彼女は少しばかり酔っぱらっているだけでなく、疲れてもいた。何週間も疲れっぱなしだった。一人娘の結婚式――この世に彼女が存在し、考え、行なったすべての頂点――が、自分のなかにあるとは気づかなかったほどのエネルギーとスタミナを、引き出していたのだった。家の隅から隅まで掃除して、ひな鶏の羽をむしり、ケーキやパイを作らねばならなかったし、何週間もの間、彼女も友だちも娘も縫い物にかかっていた。いま、こうして待ち望んだ晴れの儀式が目の前で行なわれていて、張りつめた疲労の糸をプツンと切り、つい前日の朝、彼女が裁縫台の上でピンをさした白いカーテンをめちゃくちゃにしてしまうには、ほんのわずかのサトウキビ酒さえあれば充分だった。今日という日が終わってくれさえしたら、家のなかをばたばた走りまわり、損害の修理をして歩く時間は死ぬまでにたっぷりあるのだから。

教会で正式の結婚式をあげ、そのあと正式の披露宴をするということは、ボトムの住民の間では珍しい。一つには費用がかかるということもあって、たいていの新婚夫婦は、とくに気むずかしい人間でないかぎり、郡役所に行くだけだった。もしややこしいことを言う人間なら、牧師に来てもらい、二、三の祝福の言葉を述べてもらう。そのほかの人々は、いっしょに暮らすだけだ。何の招待状も送られはしなかった。そんな形式的なことをする必要はない。人々はただやってくるだけだった。贈り物があれば持ってくるし、なければ何も持って来ない。谷間の家で働く連中を除けば、彼らの大部分は、一度も大きな結婚式に出たことはなかった。彼らはただ、結婚式というものはどちらかと言えば葬式のようなもので、あとでビーチナット墓地まで歩いていく必要がないことだけが違うと思いこんでいた。

この結婚式は、特別の呼び物つきだった。花婿はみんなから好かれていた美貌の青年だったからだ――マウント・ザイアン男声四重唱団のテナーで、女の子の間ではみながうらやむ評判の、男たちの間では気持ちのよい評判の持主だった。彼は名をジュード・グリーンと言い、彼の歌を聞くために定期的に礼拝に出席していた八人ないし十人の女の子の候補者のなかから、ネル・ライトを選んだ。

実際のところ、彼は結婚したいと思っていたわけではない。そのとき彼は二十歳で、ホテル・メダリオンのウェイターの職は、両親や七人のほかの兄弟たちにとってはありがたい幸せだったものの、妻を扶養《ふよう》するには充分と言いかねた。彼が最初にこの話題を持ち出したのは、町がタールマカダム舗装の新しい道路を建設する予定だという噂が流れてきた日だった。それは、曲折しながらメダリオンの町を通って川に達する道で、末端のところには、メダリオンと対岸の町、ポーターズ・ランディングを結ぶ大きな新しい橋が作られることになっていた。戦争が終わったので、にせの好況気分がまだあたりに漂っていた。多幸症に似た雰囲気のなかで、ますます多くのものをほしがる傾向が強まり、基金寄付者から成る評議会は将来に目を向け、将来はきっと対岸の町同士間の商売がさかんになるだろうと考えたのだ。メダリオンの商人のもとへ通う、屋根つき筏《いかだ》以上のものを必要とする町同士の商売が。ニュー・リヴァー・ロード上では、すでに作業が始まっていた（町は、それに何か別の名前、何かすばらしい名前をつけたいとかねてから考えていたが、十年後、架橋の構想がトンネル案に代わったときでもまだ、そこはニュー・リヴァー・ロードと呼ばれていた）。

数人の若い黒人の男といっしょに、ジュードは、日雇いの仕事が行なわれていた掘っ立て小屋まで降りていった。三人の黒人の老人がすでにやとわれていたが、道路工事のためではなく、ただ取り片付けをしたり、食物を運んだり、その他のちょっとした雑用をしたりするためだった。これらの老人たちは虚弱といってよいほどの体格で、ほかのことにたいして役立つとも思われなかったので、彼らがやとわれたことをみんなは喜んだ。それでもなお、この白人たちが、おじいさん連中といっしょに笑ってはいるものの、道路をずたずたにすることもできる若い黒人たちをこわがって敬遠しているのを見るのは、くやしかった。ジュードのような男たちなら、本当に仕事らしい仕事ができるというのに。ジュード自身は、ほかの誰にもましてやとわれたいと願っていた。ただ割りのいい儲け口という理由からではなく、仕事自体のためにそれを望んでいた。彼はつるはしをふるい、紐を手にかがみこんだり、シャベルで砂利をすくいあげたりしたかった。両腕はトレイより重いものを持ち、皮むきより汚い何かの仕事がしたくて、うずうずしている。両足は、ホテルの仕事に必要な靴底の薄い黒い靴ではなく、重い作業靴がはきたかった。彼は何よりも、道路作業員同士の友情がほしかった。大きな弁当箱、どなりあい、肉体の運動。それが最後には、何か本当のもの、何か指さして誇れるものを生み出すのだ。彼は「おれがあの道路を作ったんだ」と言うことができるだろう。レストランで過ごす一日の終わりにくらべ、日の入りがなんとすばらしく見えてくることか。レストランでは、たっぷり一日分の仕事の量は、汚れたたくさんの皿と、ごみバケツの重さで、それとわかる。「おれがあの道路を作ったんだ」人々は、何年も何年も彼の汗の結晶の上を歩くことだろう。ひょっとすると、大槌が落ちてきて足を打ち砕くかもしれない。そして、人々からどうして足をひきずるようになったのかと訊かれると、彼はこう答えることができる。「ニュー・ロードを作ってるときに、事故にあったんだよ」

彼がネルに結婚の申し出をしたのは、こうした夢で胸を一杯にしていたときだった。肉体はすでにごわごわした作業服の感触を味わい、手はすでにつるはしの柄に沿って曲がっているような気がする。彼女はその話を受け入れそうにみえたが、熱心に望んでいるとは言えなかった。彼が道路作業の件の真の意味を悟ったのは、立て続けに六日間も行列に加わって立ち、作業員の親方が、ヴァージニアの丘からやってきた細い腕をした白人の少年たちや、猪首《いくび》のギリシア人やイタリア人を選び出すのを見、何度も何度も、「今日はもう何もないぞ。明日もう一度来い」と言うのを聞いたあとだった。したがって、彼がネルにせがんで身を固める気になった原因は怒りであり、とにかく男の役割を果たしたいという燃えるような決意だった。彼にとっては、欲望のいくぶんかが満たされ、ひとかどの大人であることを認めてもらう必要があったのだが、何よりも誰か自分の受けた傷を気にかけてくれる人、心の底からそれを気づかってくれる人がほしかった。彼を抱きしめ、ゆすって、「気分どう？　あんた大丈夫？　コーヒー飲む？」と訊いてくれるほど、深く深く気づかってくれる人が。そして、彼が男になろうとするのであれば、その誰かはもはや母親であるはずはない。いつも変わらず親切にしてくれたが、一度もがむしゃらに結婚したがっている様子を見せたことのない女の子、そして、この冒険全体が彼の考えから出たものであり、彼がなしとげた征服であるように思わせる女の子を彼は選びだした。

彼が結婚について考えれば考えるほど、結婚は好ましいものに思われた。自分の運命がどうころぼうが、どんな恰好の服を着ようが、そこには縁《ヘム》というもの――糸がほつれかけた端をかくす縫いひだやたたみひだ――がかならずあるものだ。それと同じように、誰か勤勉で、忠実で、やさしく、彼を支えてくれる人が必要だった。そして、そのお返しに彼は彼女を保護し、愛し、いっしょに年老いることになる、その誰かがいなければ、彼は女のように調理場をうろつきまわるウェイターにすぎない。彼女といっしょにいてはじめて彼は、必要に迫られて不満足でも仕事に釘付けにされて働く一家の主人でいられる。二人をいっしょに足し合わせれば、一人のジュードが生まれてくるのだ。

道路建設に抱いていた夢が破れたので、ネルががっかりしたのではないかと恐れていたが、そうではなかった。これまで彼が結婚を仄《ほの》めかしてもネルは熱意を示さなかったが、彼の苦しみに気がついたとき、そうした彼女の無関心な態度はすっかり影をひそめた。ジュードは、彼女の目のなかで、自分がしだいに形を整えて行くのを見ることができた。彼女は実際に彼を助け、慰めようという気持ちになっていた。では、エイジャックスがタイム・アンド・ア・ハーフ・プール・ホールで言ったことは真実だったのか？「あの娘たちみんながほしがってるのはな、自分たち自身の苦しみなんだ。あいつらに、おまえらのために死ねと言ってみな。そうすりゃ、あいつら一生おまえらのものになるよ」というあの言葉は。

一般論として彼の言葉が正しいかどうかは別にしても、ネルについては、エイジャックスの言った通りだった。スーラとのつきあいでときおり主導的な役割を演じる以外、ネルに攻撃的なところはなかった。両親が、彼女が持っていた生気や性急さをすりへらして、鈍い輝きに変えてしまっていたからだ。ただスーラといっしょにいるときだけ、そうした性格は自由にふるまうことができたが、彼女たちの友情はあまりに強かったので、当人たちでですらなかなか自分の考えと相手の考えを区別することはできなかった。少女時代を通じて、厳格で感情を外に表わさない両親からのネルの唯一の避難所は、スーラだった。ジュードが彼女のまわりをうろつき始めたとき、彼女は得意になった——女の子はみんな彼が好きだったから——が、スーラがいるために、彼の好意を喜ぶ気持ちがいっそう高まった。スーラはいつもネルが立派に見えることを願っているように思われたからだ。この二人の少女は、女の友だち同士が男の子をめぐって争うような喧嘩は一度もしたことがなかったし、また、男の子のためにお互いに競い合うようなこともない。その頃、一方にたいする讃辞はもう一方にたいする讃辞となり、一方にたいするひどい仕打ちはもう一方にたいする挑戦になった。

ジュードの恥辱と怒りを感じとったネルの反応が、彼女をスーラから引きはなした。そして、自分をかけがえのない人間と考えてくれる誰かに求められている、というこの新しい感情は、友情より大事なものとなった。彼女は、ジュードからそう言われるまでは、自分に美しい首があることさえ知らなかったし、彼が彼女の微笑を小さな奇蹟と見なすまでは、くちびるの拡がりにすぎないと思っていた。

スーラもネルにまけないくらい結婚式にわくわくしていた。スーラは、結婚こそふつうの学校を卒業したあとにする最高の事業だと考えていた。彼女は、新婦の付添《つきそ》い人になりたがった。その他の役柄はごめんだった。そして、全力をつくすようライト夫人に働きかけ、エヴァのパンチ・ボウルを借りることまですすめた。

実際スーラは、こまごまとした大部分の雑用を非常に能率よくやってのけたが、たいていの人がほんの数年前に彼女が母親をなくしたことや、いまだにハナの顔に浮かんでいた苦悶の表情と、エヴァの顔の血をおぼえていて、せめてスーラを喜ばせてやりたいと熱心に願っていた事実を大いに利用したからだった。

そういうわけで六月の第二土曜日、人々はボトムで跳びはね、結婚式でダンスをした。そのときはじめてみんなは、デューイ兄弟がみごとな歯を除いては全然成長していないことに気がついた。彼らは、今ではもう何年もの間、四十八インチ（一メートル二十センチ）のまま止まっていた。彼らの身長は異常だったが、前例のないことではない。この発見のもとになったのは、彼らが精神的にいつまでも少年のままでいるという事実だった。ずるがしこく、いたずら好きで、心のうちをあかさず、まったく家に慣れることができず、彼らのするゲームと関心の範囲は、ハナが三人をいっしょに一年生のクラスに入れたときから全然変わっていなかった。

ネルとジュードは結婚式の間はずっと花形だったが、披露宴の席が乱れて、しだいにダンスや、食事や、ゴシップの場、または運動場や愛の巣に変わってしまうにつれて、とうとう人々から忘れられてしまった。その日はじめて二人はくつろぎ、お互いに見つめあい、自分の目に映った相手の姿を好ましいと思った。二人は踊りはじめ、ほかの踊っている人々のなかに割りこみ、お互いに非常な速さで近づいてくる夜のことを考えた。二人は、ジュードの叔母の家の家事室を借りることにしていたが（ネルの母親は使っていない客用の部屋があったので、その件に強く反対したが、ネルは母親の家で夫と愛を交わしたくはなかった）、そこに行きたくてだんだんそわそわしてきた。

まるで彼女の心のうちがわかったかのように、ジュードがかがみこんで、「ぼくもだよ」とささやいた。ネルはほほえみ、頬《ほお》を彼の肩にのせた。彼女がかぶっていたヴェールは厚すぎて、彼がネルの頭にしたキスの中身を感じとることはできなかった。彼女がもう一度顔を見て安心しようと、彼のほうに目をあげたとき、彼女は開け放しのドアから、青い服を着たほっそりした姿が、ほんの少し気取った歩き方ですべるように小道をくだって道路のほうに出てゆくのを見た。一方の手が、暖かい六月の微風にあおられまいと、つば広の帽子を頭に押さえつけている。うしろ姿しか見えなかったが、ネルは、それがスーラで、彼女が微笑していること、そのしなやかなからだの奥底にある何かがおもしろがっているることがわかった。この二人がふたたび会うのは、その後十年たってからで、二人の出会いはおびただしい鳥に囲まれたものとなった。

第二部

1937

やっかいなコマツグミの群れといっしょに、スーラはメダリオンに帰ってきた。その小さな、ヤムイモのような胸をして震えている鳥がいたるところにいて、ごく幼い子供たちまで興奮のあまり、意地悪く石を投げて歓迎するいつものやり方を忘れてしまっていた。この鳥の群れがどこから、なぜやってきたのか、知っている人は誰もいない。人々にわかっていることはただ、どこに出かけようとかならず真珠色をした鳥の糞《ふん》を踏んづけてしまうこと、たえずコマツグミが人々の周囲を飛びまわり、死んで落ちてくるので、洗濯物を干したり、雑草を引き抜いたり、ただ玄関のポーチにすわっていることさえむずかしくなってきた、ということだけだった。

たいていの人々が、雲霞《うんか》のように飛んでくるハトの群れで二時間も空が真っ黒だったときのことをおぼえており、また、自然の行きすぎ——度を越した暑さ、寒さ、少なすぎる雨、洪水になるほどの大雨——に慣れっこになってはいたものの、それでもなお、比較的些細《ささい》な自然現象が彼らの生活を支配し、彼らの心をねじまげて自分の意志に従わせようとするのを恐れていた。

そのような怖れにもかかわらず、心を押さえつけるふしぎな現象や、いわゆる悪魔に取りつかれた日々にたいして、人々は、歓迎しているのかと見まがうほどおとなしい反応しか示さなかった。そのような悪は避けなければならない、当然、そうしたものから身を守る用心をしなければならない、と人々は感じていた。しかし彼らは、そうした出来事が自然の経過をたどり、なるがままに任せておき、その進路を変えたり、根絶したり、再発を防ぐような方法は決して考え出そうとはしなかった。人間にたいする彼らの態度も、まったく同じだった。

外部の人から見れば怠惰やだらしなさ、あるいは寛大さとも見えるものが、実は、善の力以外のいろいろな力にも正当性があることを充分に認めた結果だったのだ。彼らは、医者が病気を癒すことができるとは思わなかった——彼らにとっては、今まで誰も医者にかかって治してもらったためしはないのだから。また、死が偶然だとも思わなかった——生は偶然かもしれないが、死は故意のわざだった。彼らにとって、自然は今まで一度も不正だったためしはなく——ただ不便なだけだった。疫病や旱魃《かんばつ》は、春がめぐってくるのと同じほど、「自然」だった。ミルクが固まることがあり得るのだったら、たしかに、コマッグミが落ちるのも当たり前なのだ。悪の目的はそんな事件から生き残ることだったので、彼らは（自分たちがそんなことをしようと決心したことさえ、まったく気づかないうちに）洪水、白人、結核、飢饉《ききん》、無知より生きながらえようと心に決めた。また、怒りの感情はよく知っていたが、絶望は知らなかった。さらに彼らは、自殺をしない——そんなことをするなんて品位に関わる、と考えていた——のと同じ理由から、罪人に石を投げることもしなかった。

スーラは、シンシナティ急行からコマツグミの糞のなかに降り立ち、ボトムへの長い坂を登りはじめた。彼女は、これまでどんな人も見たことがないほど映画女優にそっくりな服装をしていた。ピンクと黄色のヤエノコロログサを散らし模様にした黒いクレープのドレス、狐の襟巻。網状のヴェールがついた黒いフェルトの帽子を、片方の目の上に引き下げて斜めにかぶっている。右手には、ビーズつきの留金がついた黒いハンドバッグをもち、左手には、赤い革の旅行鞄をさげていた。とても小さな、とてもかわいらしい鞄で——誰もいままでそんなものを見たことはない。ローマに行ったことのある市長の奥さんや音楽教師でさえ、見たことがなかった。

パンプスの踵や両端に乾いた鳥の糞をこびりつかせながら、スーラが丘を登ってカーペンターズ・ロードのほうに歩いていくと、郡役所の前の石のベンチに腰かけている老人たち、バケツの水を歩道にまいている主婦、昼食を食べに家へ帰る途中の高校生たちが、彼女のほうをちらちら見た。彼女がボトムに到着するまでにスーラが帰ってきたという知らせが行きわたり、黒人の住民たちはすでにポーチの上や窓辺に出ていた。お帰りなさいというあいさつの言葉や会釈はまばらで、たいていの人はじっと見つめるだけだった。小さな男の子が、「あんたの鞄もったげようか?」と言いながら、走り寄ってきた。すると、スーラが答えるより早く、彼の母親が少年を呼んだ。「ジョン、さっさと帰りなさい」

エヴァの家では、玄関に続く道の上に、四羽の死んだコマツグミが横たわっていた。スーラは立ち止まり、靴の爪先で鳥の死骸をぶち取りの芝生のなかに押しこんだ。

エヴァは、その昔ボーイボーイが十セント銀貨一枚も家に残さず、また十セントが入ってくる当てもないまま、彼女を棄ててしまったあとで帰ってきたとき、彼を眺めたのとほぼ同じ目つきでスーラを眺めた。彼女は、かつて飛び降りたことのある窓(今ではすっかり板が打ちつけてある)に背を向け、車椅子にすわって、頭から櫛で梳きとった髪を燃やしていた。スーラがドアを開けたとき、エヴァは目をあげて言った。「あの鳥がやって来たのにはわけがあったんだってこと、もっと早く気がつけばよかった。おまえのコートはどこにあるんだね?」

スーラはエヴァのベッドにからだを投げ出した。「わたしの残りの荷物は、あとで着くわ」

「そうだろうね。そのちっちゃな旧式の毛皮の尻尾は、それをつけてたキツネにも似合っちゃいなかったけど、おまえにも全然似合わないね」

「十年も会わなかった人に、お帰りっていうあいさつもないの？」

「もし人が、どこそこに今おります、いつ帰ってきます、ってことを誰かに知らせていれば、家の者は迎えてあげようって気持ちになるものさ。でも、それさえしないのなら――やぶから棒にひょいと入ってくるのなら――つべこべ言わずに、家の者のそのときの気分を受け入れなきゃいけないんだよ」

「ずっとどうしてたの、ビッグ・ママ？」

「なんとか暮らしているよ。そんなこと訊いてくれるなんて、やさしいんだね。おまえは、何かほしいときには、とっても敏感だったねえ。おまえは、小銭がほしいか、さもなきゃ……」

「どんなにたくさんのものをわたしにくれたかって話はしないでね、ビッグ・ママ。それから、わたしがあんたにどれだけ恩があるかってこともね。そんなたぐいの話はいっさいお断りよ」

「おや、そうかい？　わしがそんなこと言っちゃいけないって言うんだね？」

「じゃあいいわ。言いなさいよ」スーラは肩をすくめ、寝返りをし、エヴァのほうにお尻を向けて腹ばいになった。

「おまえがこの家に入ってきてから十秒もたたないうちに、おまえはもう何かおっぱじめようって言うんだね」

「喧嘩には二人いるのよ、ビッグ・ママ」

「ふん、口先だけの空《から》いばりをするんじゃないよ。おまえはいつ結婚するんだい？　おまえにゃ何人か赤ん坊が要るんだよ。そうすりゃ何とか落ち着くさ」

「わたし、ほかの人間なんて誰も作りたかないよ。自分だけを作りたいんだから」

「がりがり亡者め。女が男なしでふらふらしていたら、ろくなことはないよ」

「あんただって、ふらふらしていたじゃないの」

「好きこのんで、そうしたわけじゃないよ」

「母さんだって、そうしていたわよ」

「好きこのんでじゃないって言っただろ。おまえがたったひとりで家を離れて暮らしたがるなんて、いいことじゃないよ。おまえに要るのはね、そのう……おまえに要るものを教えてあげよう」

　スーラはからだを起こしてすわり直した。「わたしに要るのはね、あんたが黙ってくれることよ」

「誰にもわしに向かってそんな口の利き方はさせないよ。誰も今まで……」

「じゃあ、このわたしがするわ。あんたはひどい性悪《しょうわる》で、自分の脚を切ったからっていって、誰でも彼でもその切株で蹴っとばす権利があるって思ってるんだろ」

「わしが自分の脚を切ったって、誰が言った？」

「えーと、あんた、保険金もらうために汽車の下に足を突っこんだんだってね」

「お黙り、このうそつきの若い牝牛め！」

「黙りたいけどさ」

「聖書の言葉にも、〝あなたの父と母を敬《うやま》え。これは、あなたの神、主が賜《たま》わる地で、あなたが長く生きるためである〟（「出エジプト記」20-12）というのがあるよ」

「母さんは、きっとその部分を飛ばしちゃったのね。母さんの生涯はあんまり長くなかったもの」

「へらず口を叩いて！　神様がおまえをぶちなさるよ」

「どの神様？　あんたがプラムを焼き殺すのを見てた神様のこと？」

「焼け死ぬ話はごめんだよ。おまえは、自分の母さんが焼け死ぬところを見てたじゃないか。この狂ったゴキブリめ！　おまえこそ焼き殺してやらなきゃならない人間だよ！」

「そんなことされてたまるもんか。わかった？　そんなことさせはしないからね。この家でこれ以上火事を出すんだったら、このわたしが火をつけてやる」

「地獄の火は燃やしつける必要はないんだよ。その上、もうおまえのなかで燃えてるからね……」

「わたしのなかで燃えてるものはどんなものでも、わたしのものよ！」

「アーメン！」

「それから、わたしはこの町を真二つに引き裂いてやる。それから町のなかにあるありとあらゆるものもね。あんたが火を消してしまう前によ」

「堕落《だらく》する前にゃ傲慢《ごうまん》になるものさ」

「いったいぜんたい、どうしてわたしが、堕落することを気にすると思う？」

「なんという罰あたりなことを」

「あんたは、一ヵ月二十三ドルで自分の人生を売ったのよ」

「おまえは自分の人生を投げすてたんだよ」

「すてるのは自分の勝手だわ」

「いつか必要になるときが来るさ」

「でも、あんたは要らないよ。わたしはぜったいあんたなんか要らないんだからね。それから、あんたにわかる？　たぶんある晩、あんたがその車椅子に乗ってハエを追っぱらったり、唾を呑みこんだりしながら、うつらうつらしているときに、たぶんわたしが灯油を持って抜き足さし足ここまで上がってきて、——誰にもわかりゃしないわ——あんたは、三人のなかでいちばん明るい焔をあげて燃えるかもしれないよ」

そのとき以来、エヴァはドアに錠を下ろすことにした。しかし、たいして役には立たなかった。四月になると、担架をもった二人の男がやってきて、髪をとかす暇もなく、彼女をカンヴァスの担架にベルトで縛りつけてしまったからだ。

バックランド・リードさんがナンバー・ゲームの番号を聞きに立ち寄ったとき、エヴァが運び出され、スーラが何かの書類を壁に押しつけて書いているのを見て、彼の口はだらりと開いた。その書類の下のほう、〈保護者〉という言葉のちょうど上に、彼女は非常に注意深くミス・スーラ・メイ・ピースと書いた。

＊

鳥が去ったあとに続いた五月の奇妙な雰囲気に気づいたのは、ネルだけだった。それには一種の光彩《こうさい》、言ってみれば、緑色の、雨に濡れた土曜の夜（新しく取りつけられた街灯の、わくわくするような光に照らされた夜）の輝き、氷で冷やされた飲物や、ラッパ水仙のきらめきに明るく彩《いろど》られた黄色いレモン色の午後にも似た輝きのような、かすかな光が漂っていた。それは、彼女の子供たちの汗でしめった顔や、川の流れのようになめらかな声にも表われている。彼女自身のからだでさえこの魔力からまぬがれてはいなかった。彼女は少女の頃よくしたように、床の上にすわって縫い物をしたり、あぐらを組んでみたり、頭のなかの何かの曲にぴったりするちょっとしたダンスをしてみたりした。のんびりした太陽でいっぱいの日々もあり、紫色のたそがれのときもある。そうした日暮れ時には、タールー・ベイビーが祈禱会で〈日くれて四方《よも》はくらく〉を歌ったが、彼のまつ毛は涙でかげり、大聖マタイ教会の白塗りの壁に映った彼のシルエットは、後悔の思いで力なくうなだれていた。ネルはその歌に耳を傾け、心を動かされてほほえんだ。窓からさしこんで、彼の悲しみを誘った純粋な美しさにたいしてほほえむ姿は、見ていて心地よいものだった。

この魔法の力に気づいたのは彼女だけだったが、それをふしぎだとは思わなかった。スーラがボトムに帰ってきたためだとわかっていたからだ。ちょうど、白内障が治って、片方の目が昔同様に使えるようになった感じに似ていた。昔からの親友が帰ってきたのだ。スーラ。彼女を笑わせ、古いものを新しい目で見させ、いっしょにいると、自分が賢く、おとなしく、ほんの少しわいせつになったような気分を感じさせるひと。スーラ。ネルは、スーラの過去をいっしょに生きてきたし、彼女といっしょにいれば、現在とは、たえずいろいろな知覚を分かちあうことのような気がした。スーラと話せば、いつも自分との対話になる。いっしょにいて自分が愚かしく見えるようなことは一度もない。そういう人がほかにいるだろうか？　不充分が単なる個人的な特異性であり、欠点というよりはむしろ性格上の特徴だというような見方をする人が？　おかしさと共犯性のあの霊気《オーラ》を残す人が？　スーラはけっして競争はしない。ただほかの人々が自分の立場を明らかにする手助けをするだけだ。ほかの人々は、スーラが同じ部屋にいると、大声で自己宣伝を始めるように見えた。ほかの何にもまして、ユーモアが帰ってきたのだ。ネルは足の下で、子供たちがこぼした砂糖ががりがり砕ける音を聞いても、子供を打つむちに手を伸ばさないでいられたし、居間の窓おおいの裂け目《さめ》のことも忘れた。ジュードにたいするネルの愛ですら、何年もたつうちに彼女の心臓のまわりにしっかりした灰色の網の目を織り出していたが、陽気でのんびりした愛情に変わり、二人の愛の行為にも反映されていた戯れの気分がよみがえってきた。

スーラが訪ねてくるのはたいてい午後で、独特の流れるような大股で歩いてきた。いつも、母親のハナがあの大きすぎる家庭着を着ていたのと同じように無造作《むぞうさ》に――服装にたいする無頓着《むとんちやく》、服への執着のなさが、かえって布地がおおい隠しているものすべてを強調している――黄色い無地の服を着ていた。彼女が、昔と同じように網戸をひっかいて家のなかに入ってくると、流しに積みあげてある皿が、いかにもこの家にぴったりしたものに見え、電灯の上のほこりはきらきら輝きはじめ、居間の〝上等〟のソファの上に置き忘れられたヘアブラシも、おわびを言いながらしまいこむ必要はなくなった。また、ネルの垢《あか》じみて手に負えない子供たちでさえ、五月の陽光の輝きのなかでのんびりと幸せそうに暮らしている三人の野性児に見えてくるのだった。

「こんちは」スーラの目の上のバラの形のあざは、彼女のまなざしに、思いがけない歓びの表情を与えている。それは、ネルの記憶にあるものよりずっと黒味を増していた。

「こんちは。こっちに入っておいでよ」

「どうしてる?」スーラは、アイロンをかけたおむつの山を椅子から取り除けて、そこにすわった。

「そうね、まだ誰も絞め殺したおぼえがないから、たぶん元気なんだろうと思うわ」

「じゃあ、もし気が変わったら呼んでね」

「誰か殺す必要があるの？」

「この町の半分はその必要あり、よ」

「じゃ、残りの半分は？」

「長びく病気の要あり」

「あら、ほんと。メダリオンはそんなに悪いの？」

「誰もあんたに教えてくれなかったの？」

「あんたがあんまり長いこと留守にしてたから、いけないのよ、スーラ」

「長すぎるってことはないけど、たぶん、遠すぎたかもね」

「それ、どういう意味？」ネルは、水を入れたボウルのなかに指をひたし、おむつに水をふりかけた。

「さあ、わからないわ」

「冷たいお茶飲む？」

「うーん、氷たくさん入れてね、わたし、燃えてるのよ」

「氷屋さんはまだ来ないけど、あれ冷たくてすてきよ」

「それはいいや」

「わたし、あんまり早くこんな話をはじめすぎたんじゃないでしょうね。子供たちがやたらに出たり入ったりするもんだから」ネルはかがみこんで、氷箱を開けた。

「あんたのほうがせがむのね、ネル。ジュードはきっとへとへとよ」

「ジュードがへとへとだって？ わたしの背中のことは全然心配してくれないの？」

「あれが攻めるのはそんなとこ、あんたの背中？」

「まあ！ ジュードはどこでもそうだって考えてるわ」

「その通りよ、どこでもそうなんだから。どこであろうと、彼がそれを見つけたことを喜びなさいよ。ジョン・Lをおぼえてる？」

「彼が井戸の側でシャーリーを押さえつけて、あれを彼女のお尻に入れようとしたって話？」ネルは、十代の頃の話を思い出してくすくす笑った。「シャーリーは感謝しなくちゃいけないのよ。帰ってきてから彼女見た？」

「うん。牡牛みたい」

「あれは無口なニガーだったわね、ジョン・Lは」

「たぶん。たぶん彼は衛生的なだけよ」

「衛生的？」

「そう。考えてみればいいじゃない。あんたの目の前にシャーリーが大の字にからだを広げてるとしたら、あんた、あそこの代わりに座骨の方を攻めるって思わない？」

ネルは組んだ両腕の上にうつむき、笑いすぎたために出てきた涙が、アイロンの熱で暖かいおむつの上にしたたり落ちた。笑いすぎてひざががくがくになり、膀胱が活発に動きはじめた。彼女の急テンポのソプラノの笑い声とスーラのはっきりしない眠そうなくすくす笑いの二重奏が猫を驚かせ、裏庭で遊んでいた子供は家のなかに走りこんだ。子供たちは最初、傍若無人《ぼうじゃくぶじん》のけたたましい笑い声に当惑し、それから、母親が手で胃の上を押さえて、陽気に笑いながらよろよろとバスルームに走りこむ様子を見て喜んだ。笑い声の合い間に、歌うように「ああ、ああ、なんてこと。スーラ。やめてよ」と言いながら。そして、もう一人の女、片方の目の上に黒くて恐ろしいものをつけた女が、低い声で笑いながら、母親をけしかけていた。「清潔さがだいじよ。きれい好きが近いものは何か（〝きれい好きは敬神に近い〟のことわざから）知ってるでしょうが……」

「黙ってよ」ネルの嘆願の言葉は、バスルームのドアがバタンと閉まる音でちょん切られた。

「何笑ってるの？」

「昔の話。とっくに過ぎてしまった、昔の話よ」

「ぼくらに話して」

「あんたたちに話す？」黒いあざが跳び上がった。

「うん。話してよ」

「わたしたちにおかしいものは、あんたたちにはおかしくはないのよ」

「ううん。おかしいさ」

「そうねえ。わたしたち、ちっちゃかったときによく知ってた人のこと話していたのよ」

「ぼくの母さんもちっちゃかった？」

「もちろん」

「それで、どうしたの？」

「そうねえ。わたしたちが知ってたジョン・Lという名のある男の子と、女の子のことなんだけど、その子の名は……」

出鼻をくじかれたような顔をして、ネルが台所にもどってきた。彼女は、自分が新しくなったような、新しく柔軟な存在になったような感じがした。前に肋骨《ろっこつ》をくすぐられるような笑い方をして以来、これまでいちばん長い時間がたっていた。彼女は笑いがいかに深い奥底まで響いていくか、忘れてしまっていた。それは、ここ数年間、ネルが習いおぼえて満足していたさまざまなくすくす笑いや、微笑とはまったく違うものだ。

「ああ、やれやれ、スーラ。あんた、全然変わってないね」彼女は目の涙をふいた。「とにかく、あれはみんなどういうことだったの？　やろうかやるまいか、わたしたちがうんと苦労したあのやっさもっさはみんな、いったいどういうことだったの？」

「知るもんか。あんなに簡単なことだったのに」

「でも、わたしたちたしかに、あのことからうんとたくさん勉強したわね。男の子たちは、わたしたちよりずっとバカだったのよ」

「うそつくのはやめてよ。あの子たちみんな、あんたがいちばん好きだったんだから」

「わたしよりバカな人がいたはずないじゃない」

「あら、ほんと？　あの子たち、今どこにいるの？」

「まだここにいるよ。遠くに行ったのは、あんただけよ」

「あら、そうだったの？」

「その話してよ。大きな都会の話」

「大きいだけよ。メダリオンを大きくしただけの話」

「ちがう。わたしが言うのは、生活のことよ。ナイトクラブとか、パーティとか……」

「わたし、大学にいたのよ、ネリー。キャンパスにはナイトクラブなんてないよ」

「キャンパス？　そんな呼び方するの？　でも、あんた、大学にいたはずないじゃない――えーと――今まで十年も。おまけに、誰にも手紙くれなかったでしょ。どうして、一度も手紙くれなかったの？」

「あんただって、一度もくれなかったわ」

「どこに手紙出したらよかったの？　わたしにわかってたことといったら、あんたがナッシュヴィルにいるということだけじゃないの。わたし一度か二度ピースさんに、あんたのこと訊いたのよ」

「彼女なんて言った?」

「あの人の言うこと、よくはわからなかったわ。あの人、退院したあと、だんだん変になってたでしょ。とにかく、彼女いまはどうしてるの?」

「同じだと思うわ。それほど怒りっぽくはないみたい」

「そうなの? ローラがお料理やいろんなこと、してあげてたでしょ。彼女はまだ?」

「いいえ。わたしが彼女を追い出したわ」

「追い出したって? いったいどうして?」

「彼女がいると、わたし、いらいらしてくるのよ」

「だけど彼女はただで働いてたのよ、スーラ」

「あんたはそう考えるかもしれないけど。彼女はあちこちでこっそり盗んでたのよ」

「あんたいつから、人が盗むことにそんなに冷たくなったの?」

スーラは微笑した。「オーケー。わたしがうそついたのよ。あんた、理由が聞きたいのね」

「じゃあ、本当の理由を聞かせてよ」

「本当の理由なんて知らないいよ。彼女はただあの家に住んでたわけじゃないのよ。食器棚のなかをかきまわしたり、ポットやアイス・ピックを探し出したり……」

「あんた、たしかに変わったわね。あの家はいつも、戸棚をかきまわしたり、ふざけあったりする人たちでいっぱいだったじゃないの」

「じゃあ、それが理由よ」

「まあスーラったら。はぐらかさないでよ」

「あんただって変わったわ。わたし、昔は、ありとあらゆることの説明をあんたにする必要はなかったもの」

ネルは赤くなった。「誰がデューイ兄弟やタール・ベイビーを養ってるの？　あんた？」

「もちろんわたしよ。とにかくタール・ベイビーはあんまり食べないし、デューイたちときたら、いまだに頭が狂ってるんだから」

「わたしの聞いた話じゃ、あの子たちのお母さんのひとりが、子供を連れもどしにきたけど、どの子が自分の子かわからなかったそうね」

「誰にだってわかりゃしないわよ」

「それからエヴァは？　あんた、彼女の世話もしてあげてるの？」

「あんた、その話を聞いてないようだから、話してあげるわね。エヴァは本当に病気なの。わたし、彼女を診て世話してもらえるところに入れちゃったのよ」

「それは、どこ？」

「ビーチナットに近いあそこよ」

「白人の教会が経営してるあのホームのこと？　まあ、スーラ！　あそこは、エヴァを入れるとこじゃないわ。あそこに入ってる女たちはみんな不潔で貧乏で、世話してくれる人が全然いない人たちよ。ウィルキンズのおかみさんみたいな人たちじゃない？　あの人たちには浮腫ができてて、膀胱の具合が悪くておしっこのがまんもできず――アビ《ルーン》（アビ科の鳥が危急のさい、おかしな動作をし、奇妙な鳴き声をあげることから）みたいに気が狂ってるのよ。エヴァは変わってるけど、気は確かでしょ。そんなことしちゃだめよ、スーラ」

「わたし、彼女がこわいの、ネリー。だから……」

「こわいって？　エヴァが？」

「あんたは彼女を知らないからよ。彼女がプラムを焼き殺したこと知ってた？」

「ああ、そのことは何年も前に聞いたけど。誰も本気にしやしなかったわ」

「本気にしなきゃいけなかったのよ。本当のことなんだから。わたし、この眼で見たのよ。それで、わたしがここに帰ってきたとき、彼女はわたしにも同じことをしようって計画していたのよ」

「エヴァが？　信じられないわ。あんたのお母さんのところまで行こうとして、彼女、もう少しで死ぬとこだったじゃない」

スーラは、テーブルの上にひじをつき、前にからだを乗り出した。「わたし、いままであんたにうそついたことある？」

「ないわ。だけど、あんたが間違ってるってこともあり得るんじゃないの。いったいぜんたい、どうしてエヴァが……」

「わたしにわかってることはただ、こわいってことだけ。おまけに、わたしにはほかに行くとこないのよ。わたしたちだけが残されたんだもの、エヴァとわたしだけが。わたし、帰って来なきゃよかったのかもね。ほかにどうすりゃいいのかわからなかったのよ。ひょっとしたら、いちばんはじめに、あんたに話すべきだったのかもしれないわ。あんたはいつも、わたしより分別があったもの。昔、わたしがこわがったときにはいつでも、どうすりゃいいのか、あんたにはちゃんとわかってたもの」

あの子供が沈んだあと閉じてしまった川の水面《みなも》が、二人の前に広がった。ネルは、アイロンをストーヴの上にのせた。いま彼女には事情がはっきりわかった。いつものように、スーラには、ごく些細《ささい》なこと以外は何の決断もできなかった。非常に重大な事柄になると、感情的に、無責任にふるまい、それを正すのはほかの人たちにまかせてしまうのだ。そのうえ、恐怖にかられた場合には、信じがたいことをやってのける。自分の指をそぎ落としたときのように。あの他所者《よそもの》の男の子たちがどんなことをやらかそうと、彼女が自分のからだにしたことほどひどいことになるはずはない。しかし、スーラはあんまり怖かったので、自分の身を守るために指をそいだのだ。

「わたしどうすればいいの、ネリー？　彼女を連れもどして、もう一度ドアに鍵をかけて眠るの？」

「いいえ。とにかく、もう手遅れだと思うわ。でも、彼女の面倒を見てあげられるような計画を考え出すことにしない？　彼女が手荒に扱われるようなことがないようにね」

「あんたが言うことなら何でも」

「お金のことはどうなの？　彼女には、お金ある？」

スーラは肩をすくめた。「いまだに小切手は来るのよ。昔ほど多くはないけどね。それをわたし宛てにゆずってもらわなくちゃいけないと思う？」

「そうできるの？　じゃあ、そうしなさいよ。そうすれば、彼女が特別待遇を受けられるように、手配できるじゃないの。あそこはひどいとこよ、わかってるでしょうが。お医者さんだって、あそこには一度も足を踏み入れないんだってさ。あの人たちがあそこで長いこと生きていられるわけが、いまだにわからないくらいよ」

「ねえ、どうして小切手をあんたにゆずってもらっちゃいけないの、ネリー？　あんたのほうが、わたしよりこんなこと上手なのに」

「だめだめ。わたしが何か悪いことを企《たくら》んでるって、人が言うわ。あんたがやらなくちゃ。ハナの保険金も入ったの？」

「ええ。プラムのもよ。彼には例の軍隊の保険がみんなついてたの」

「いくらか残ってる?」

「そうねえ。わたし、そのお金を少し使って大学に行ったのよ。エヴァが残りは銀行に入れておいたの。でも、調べてみるわ」

「……そして、事情をみんな銀行の人に説明するのよ」

「わたしといっしょに行ってくれる?」

「もちろん。きっと、うまく行くわよ」

「このこと、あんたに話して本当によかったわ。わたし、ずっと気にかかってたの」

「そうねえ。みんながいろんなこと言うと思うけど、わたしたちが本当のことを知ってるかぎり、そんなこと問題じゃないわね」

ちょうどそのとき、子供たちが走りこんできて、父親が帰ってきたと告げた。ジュードが裏戸口を開けて、台所に入ってきた。彼はいまだに非常な美男子で、スーラが認めることのできた唯一の変化は、鼻の下にうすい鉛筆状のひげができていることと、髪に分け目が入ったことだけだった。

「お帰んなさい、ジュード。何かいいことある?」

「白人がやってるんだからな――何もいいことなんかないさ」

スーラは笑ったが、ネルの方は、彼の気分にぴったり合わせ、夫の微笑を無視して「悪い日だったの、あなた？」と言った。

「いつものことさ」と彼は答え、ある白人客とボスが、彼にたいして何か個人的な侮辱を加えた話を二人に手短かに話して聞かせた――なんともぐちっぽい話で、慰めてほしいというひそかな願いと怒りとの中間点に顔を出した話だった。彼はおしまいに、この世で黒人の男が仕事を続けていくのは、ひどく骨が折れるという感想を述べた。彼はこの話がやさしい同情の気持ちにぴったり当てはまることを期待して話したのだが、ネルがそうした言葉を口にする前に、スーラがその件については――わたしには、かなりすてきな生活に見えるから――よくはわからないと言った。

「たとえばどんなところが？」ジュードは、この妻の友達を眺めながら、ちょっとばかりかんしゃくを起こしかけた。このほっそりした女、はっきりブスだとは言えないが、そうかと言って美女ともいえず、目の上にマムシのあざをくっつけている女。彼が見分けることのできるかぎりでは、彼女は生意気な饒舌《じょうぜつ》をふるって苦しめてやる恰好な男はいないかと、国中を放浪している女のように見えた。

スーラはほほえんでいた。「わたしが言いたいのは、どうして大騒ぎするのかわからないってことよ。つまり、この世のすべてがあんたを愛してるってこと。白人の男たちはあんたを愛してる。あいつらは、あんまりしょっちゅうあんたのペニスのことで頭を悩ましているので自分たちのペニスのことは忘れちゃってるのよ。あいつらがやりたいと思うたった一つのことは、ニガーの局部を切り落とすことなの。それで、もしそれが愛や尊敬でないのなら、それはいったいどういうものか、わたしにはわからない。それから、白人の女たちは、どう？　あの人たちときたら、地球のどんな片隅までもあんたを追いまわし、あらゆるベッドの下にあんたが隠れていやしないかって手探りするのよ。わたしの知ってた白人の女で、六時以後は家から出ようとしない人が一人いたわ。あんたたちの一人からさらわれると困るっていうのよ。ねえ、それ愛じゃない？　白人の女はね、あんたたちを見るとすぐ暴行のことを考えるの。それで、もし自分たちが求めてる暴行が受けられなかったら、自分のやった探索が無駄にならないように、ただそれだけのために、とにかく暴行だ、暴行だって金切声でわめきたてるのよ。黒人の女たちは、ただあんたのズボンのすそにぶら下がろうとして、からだをこわすほど思い悩むじゃない。ちっちゃな子供たちだって——白いのも黒いのも、男の子も女の子も——深く悩みながら子供時代を過ごすのよ。それもただ、あんたが彼らを愛してないって考えてるからよ。それで、もしそれでも足りないっていうのなら、あんたたちは、あんたたち自身を愛してるじゃない。この世のなかには、黒人の男同士の愛情にかなうものはないのよ。あんたは、孤独な白人の男のことは聞いたことがあると思うけど、孤独なニガーのことは聞いたことある？　お互いに、まる一日離れていることはできないの。そういうわけなの。あんた、わたしには世界中からうらやましがられているように見えるわ」

ジュードとネルは笑い、彼が言った。「ところで、それが――性器を切り取って、おれを監獄にぶちこむことが――白人が愛情を示すたった一つのやり方だとすりゃ、おれはむしろ、ひとりで放ったらかしにしておいてもらいたいな」しかし、心のなかでは、スーラってやつはおもしろいものの見方をする女だな、彼女が大口を開けた笑い方をすりゃ、目の上のマムシの毒が少しはなくなるな、と考えていた。おもしろい女だ、それほど器量も悪かねえや、と彼は考えた。しかし、どうして彼女が結婚していないのか、彼にはそのわけがわかった。たぶん、男の心はかきたてるが、からだの方はかき立てないんだろう。

*

彼は、ネクタイをおいて行った。ダークブルーの野原の片方をくねくねした黄色い縞《しま》が走っているネクタイを。それは洋服だんすの扉のいちばん上から、まっすぐ下を向いて垂れ下がり、ジュードがきっと帰ってくると信じて疑わずに待っているように見えた。

ネクタイがまだここにあるというのに、彼が行ってしまったということがあり得ようか？　彼はきっとネクタイを思い出して帰ってくるだろう。そうしたら、わたしはそのとき……ああ。そのときわたしは……彼に言おう。静かにすわって彼に言おう。「でもジュード」とわたしは言う。「あんたはわたしを知ってたわね。この歳月の間ずーっと、ジュード、あんたはわたしを知ってたでしょ。わたしのくせ、わたしの両手、どんなふうにわたしのおなかに皺が寄ってるか、どういうふうにミッキーに乳を飲ませようとしたかを。あのときのことおぼえてる？　ほら、家主さんが言ってきたときのこと……でも、あんた言ったわね……そして、わたしは泣いたわ、ジュード。あんたはわたしのことみんな知ってて、わたしが夜話したことに耳を傾け、バスルームでわたしが立てる音を聞き、わたしのぼろぼろのガードルを笑い、わたしも笑った。なぜって、わたしもあんたをよく知っていたからよ、ジュード。それなのに、わたしを知ってたのに、どうしてわたしを捨てたりなんかできたの？」

だが、二人は、真っ裸で四つんばいになっていた。くちびるのほかはどこにも触れあわないで。ネクタイの先が指しているちょうどそこの床の上で、四つんばいになって、まるで(そうよ、さあ、言いなよ)犬みたいに。触れあいもせず、お互いに見つめあいもせず、ただくちびるだけ触れて、お互いにしゃぶりあっていた。それで、わたしがドアを開けても、二人はちらともこちらを見なかった。だからわたしは、顔をあげない理由は、あれをしていないからだと思ったの。だから大丈夫。わたしはただここに立っているだけ。二人は、あれをしていない。わたしはただここに立って、それを見てるけど、二人はあれを本当にしてるわけではないの。でも、そのとき二人はたしかに顔をあげた。でなきゃ、あんたが見上げた。あんたがよ、ジュード。ただ、ずっと昔汽車のなかの兵隊どもがわたししたち母娘《おやこ》を見たような目つきで、あんたがわたしのほうを見さえしなかったら。また、あんたがゲイブリエル・ヒーター（アメリカのジャズシンガー）を聞いてるときに子供たちが入ってきて、あんたの物思いを中断させたとき、あんたが子供たちを見たような目つきで——はっきり焦点が合ってるわけじゃなくて、一瞬、ほんのちょっとの間、子供たちを立ち止まらせ、自分たちが何をしているのか、何の邪魔をしているのかを思い出させ、自分たちが元いた場所に帰って、あんたがゲイブリエル・ヒーターを聞く邪魔をしないようにさせる目つき——で見さえしなかったら。そしてわたしは、どういうふうに足を動かせばいいのか、どこを見ればいいのか、何をすればいいのか、全然わからなかった。わたしはただそこに突っ立って、それを見ながら、ほほえんでいたの。なぜって、たぶん、何か説明してくれるだろう、わたしにはわからないけど、それが何でもないことだとわからせてくれる何かだいじなことをあんたが言うだろう、と思っていたからよ。わたしはスーラが今にも顔をあげてわたしを見、「審美的」とか「和合」とかいうあのすてきな大学言葉の一つを言ってくれるのを待っていた。そんな言葉の意味は一度もわかったためしはなかったけれど、大好きだった。とっても気持ちがよくって、しっかりした響きがあったからよ。それから、とうとうあんたがふいと立ち上がって、服を着はじめた。あんたの局部は垂れ下がってたわ。とってもやわらかく。そして、あんたはズボンのベルトのバックルを締めたけど、前立てのボタンをかけるのを忘れてた。彼女は、服を着ようともしないでベッドの上にすわってた。実際、服を着る必要がなかったからよ。どういうわけか彼女のほうは裸には見えなくて、あんただけが裸に見えてたから。彼女は手のひらにあごをのせ、よその町からやってきたお客のようにすわってた。この家の主人夫婦がやっていた口論をおしまいにして、トランプのゲームが続けられるようになるのを待ってるというみたいに。わたしは彼女に帰ってほしかった。そうすれば、そっとあんたに前立てのボタン掛けを忘れてるって言うことができるもの。彼女の前でそんなこと言いたくなかったからよ、ジュード。そして、あんたが話しはじめたときでさえ、その言葉は耳に入らなかった。あんたの前立てが開いてるのをあんたが知らないことが気になってたし、こわくもあったから。なぜってあんたの眼は、母さんがカスタードになったあのときの、汽車のなかの兵隊の眼と同じに見えたんだもの。

あの寝室がどのくらいの大きさだったかおぼえてる、ジュード？　ここに引っ越してきたとき、どういうふうにわたしたちが、さあ、とにかく、本当に大きな寝室ができたね、って言ったかを。でも、本当は小さかったのよ、ジュード。そして、とってもみすぼらしかった。たぶん、あの部屋はずっとそうだったのかもしれない。でもベッドの下からほこりを掃《は》き出しておけばよかった。あの小さな部屋のなかにほこりがあるのが恥ずかしかったから。それからあんたは、わたしのそばを通っていくときに言った。「荷物を取りにくるよ」そしてあんたはたしかに荷物を取りに来たけど、ネクタイはおいていった。

時計がちくたくと時を刻んでいた。ネルは時計を見て、もう二時半になっていること、あとわずか四十五分たったら子供たちが家に帰ってくることがわかった。それなのに彼女は、まともなこと、または分別のあることは何も感じさえしなかった。今はもう時間がないし、夜になるまで時間はできそうにない。夜になったら子供たちは眠るし、わたしはベッドに入ることができる。たぶん、そのときにあれができるわ。つまり、考えること。でも、誰があのベッドのなかでものを考えることができよう？　あのベッドにはわたしたち夫婦が寝ていたんだし、あの人たちも寝た。そして、今ではわたししか寝る人はいないのに。

彼女はどこかいられるところはないかと、あたりを見まわした。小さな場所に入りたい。洋服だんす？　だめだめ。暗すぎる。バスルームがいい。そこは小さくて明るかった。彼女は、とても小さくて、明るいところにいたかった。悲しみに耐えられるほど小さな場所に。胸をふさいでいる暗いことどもを、浮き彫りにしてみせるほど明るいところに。一度なかに入ると、彼女はトイレのそばのタイルの床にくずおれた。ひざをつき、冷たい浴槽の縁に手をかけて、何かが起こるのを待った……からだのなかで。何かがうごめき、泥と枯葉が動いている。彼女は、チキン・リトルの葬式に来ていた女たちのことを考えた。棺台の上におおいかぶさって、また、口を開いた墓穴《はかあな》のふちのところで泣きわめいていた女たちのことを。あのとき以来、不似合いなふるまいだと考えていたものが、今の自分にはふさわしいものに思われる。あのとき彼女たちは、神様の首、あの巨大なうなじ、死にさいして神が人間たちに向けるあの巨大なうしろ頭に向かって、金切り声で泣き叫んでいた。しかしいまでは、彼女たちが泣き叫んでいたのはこぶしを打ちふるうほどの悲しみのためではなく、むしろ死者について何かを言い、何かをし、何かを感じなければならないという単純な義務のためだったような気がする。彼女たちはあの胸のはりさけるような出来事を、記録もせず、確認もしないまま、通りすぎさせるわけにはいかなかったのだ。単なるすすり泣きと、かすかなつぶやき、趣味のよいバラの花束といっしょに死者を行かせてしまうことは、薄情で不自然だった。趣味のよさは、死が現存するところでは場違いだった。死それ自体が、悪趣味の真髄《しんずい》だったから。だから死が存在するところでは、はげしく怒り、多くの唾をとばさなければならない。からだはゆれ動き、のたうち、両眼はぎょろぎょろと動かねばならず、両手は静けさを知らず、のどは、わけのわからない死に伴うあらゆるあこがれ、絶望、憤怒《ふんぬ》の声を解き放たねばならないのだ。

「本当の地獄の地獄は、それが永遠に続くってことよ」スーラがそう言った。彼女はどんなことでも、永久にし続けるということが、地獄なのだと言った。そのとき、ネルには意味がよくわからなかったが、いまバスルームで、何か感じようとして、彼女は考えた。

「もしわたしが、ここの、この小さな白い部屋、汚いタイルを敷きつめ、パイプのなかで水がごぼごぼ鳴っているこの部屋で、頭をこの冷たい浴槽のふちにのせてすわり、永久にドアから出ていく必要がないことを確信することができさえしたら、本当に幸せなのに。もしわたしが二度と起き上がる必要がなく、トイレの水を流したり、台所へ行ったり、子供たちが大きくなって死んでしまうのを見、わたしの皿の上の食物が噛み砕かれるのを見る必要がないことを、確信できさえしたら……スーラの言うことは間違ってた。地獄とは、ものごとが永遠に続いていくことじゃない。地獄とは変化なんだ」男たちは家を出て行き、子供たちは成長して死んでいくだけでなく、不幸さえ長続きしないということなんだから。やがてわたしは、このみじめな思いさえ忘れてしまうだろう。床の上でわたしのからだをねじまげ、わたしの生皮《なまがわ》を剝ぐこの悲しみでさえ、消えるだろう。わたしには悲しみさえなくなってしまう。

「どうしてわたしは、いまスーラを憎んでいるのに、彼女の言ったことを考えているのだろう」

小さな明るい部屋にうずくまって、ネルは待った。昔からおなじみの嗚咽《おえつ》を待った。他人のため、火傷をした子供にたいする同情のため、死んだ父親のための泣き声ではなく、自分の苦痛のための、胸の奥底からしぼり出す泣き声を。声高で、耳障《みみざわ》りな泣き声。「どうしてこの不幸がわたしに？」という声。彼女は待った。泥が動き、木の葉がかさこそといい、熟《う》れすぎた緑色のものの匂いが彼女を包みこんで、自分独りの号泣の始まりを告げた。

しかし、嗚咽は訪れない。

匂いは消え、木の葉は静かになり、泥は元の場所に落ち着いた。そして、とうとう何もなくなった。あるのはただ、のどのなかの何か乾《ひ》からびて邪悪なものの薄片だけだ。彼女はおびえて立ち上がった。ちょうど彼女の右側の大気のなか、ちょうど視野から外れたところに何かがある。見ることはできなかったが、それがどんな恰好をしているかは正確にわかっていた。ちょうどそこに漂っている灰色のボール。ちょうどそこに。右側に。静かで、灰色で、汚れたボール。泥だらけの紐でできているが、重さがなく、ふわふわしてはいるものの、恐ろしい悪意にみちたボール。それを見ることはできないことがわかっていたので、彼女は目を閉じ、そっとそのそばを通ってバスルームから出、背後でドアを閉めた。恐怖のあまり冷汗《ひやあせ》をかきながら、台所のドアのところまで行って、裏のポーチに出た。ライラックの茂みが、柵のところにきれいに植えられていたが、まだ花は咲いていない。まだ時期ではないのか？　たしかに、もうその時期になっていた。彼女は、垣根越しにレイフォードのおかみさんの庭を見やった。彼女の家のライラックも、まだ咲いてはいない。もう遅すぎるのか？　彼女は、この疑問に飛びついて熱心に考えた。それが、のどのなかの薄片から気をそらすことのできる唯一の方法だったからだが、その間中ずっと、自分が考えてもいないあるものに気づいていた。

彼女は、そのひと夏を始めから終わりまで、灰色のボールといっしょに過ごした。毛皮と紐と毛からできた小さなボールは、いつもすぐそばの光のなかを漂っていたが、彼女は一度もそのほうを向かなかったので、ボールを見ることはなかった。しかし、それがむずかしいところだった。見まいとする努力が。しかし、とにかくそれはそこに、彼女の頭のちょうど、右側にあった。ひょっとすると、肩よりずっと下にあったのかもしれない。だから、子供たちがエルミラ劇場の怪物映画を見に行き、家に帰ってから、「母さん、今晩ぼくらといっしょに寝てくれる？」と言ったとき、彼女はいいよと言って、二人の男の子といっしょにベッドに入った。男の子たちは母と寝るのが大好きだったが、女の子はきらっていた。長い間、彼女は子供たちと同じベッドに入るくせがやめられず、そのたびに、子供たちが龍の夢を見るかもしれない、そうすればわたしがそこにいてなだめてやらなくちゃいけない、と自分に言い聞かせてきた。子供たちの恐ろしい夢のことを考えて、毛皮のボールのことを考えないですむことは、とても好都合だった。彼女は子供たちの夢が自分にこすりつけられて、すばらしい悪夢の浮き彫りができるので、頭をあちこちに向けるとボールが見えはしないかと怖くなって、やたらに歩きまわるのをやめられるかもしれないと考えた。とにかく恐ろしかった――ボールを見ることが。それは、彼女を狙っているわけではない。そういうことは一度もなかったし、飛びかかろうともしなかった。ただ、彼女が望めば、見ることができるように漂っていただけで、おおどうしよう、望めばさわることさえできたのだ。しかし彼女は、けっして見たいとは思わなかった。もし見たとしたら、実際何に触れるか、あるいは触れたいと思うか、誰にわかろう。そして、もし彼女が実際に手を伸ばしてそれに触れたら、どういうことになるのか？　おそらく死ぬだろうが、それ以上悪くはならないだろう。死ぬのはかまわない。なぜって、死は眠りであって、死には灰色のボールはないからだ。ないだろうか？　あるだろうか？　それについては誰かに訊かねばならないだろう。誰か心を打ち明けることができ、スーラのように、たくさんのことを知っている人に。というのは、スーラだったら知っているはずだし、もし知らなかったら、何もかもよくなるような何かおかしいことを言ってくれるだろうから。おお、だめだめ、スーラはごめんだ。ここで、彼女は悲劇のただなかにあって、それを憎み、恐れてはいるものの、ふたたびスーラのことを考えているのだった。まるで二人がまだ友だち同士で、まだいろんなことを話しあっているかのように。むごすぎる。ジュードを失い、それについて話しあうスーラがいないということは。ジュードが彼女を捨てたのは、スーラのせいだったのだから。

いま、彼女の股は本当にからっぽだった。あの女たちが、別の男のほうはぜったいに見ないと話していたことが、彼女にとって何かの意味をもちはじめたのは、まさにこのときだった。本当の要点、彼女たちが話していたことの中心は、見るという言葉だったからだ。ぜったい別の男と愛を交わさないと約束することでもなく、別の男との結婚を拒否することでもなく、彼女は今後けっして別の男のほうを見ることができず、男たちの頭が大気を切り裂くさまを見たり、受け入れたり、彼らの首や肩でふちどられた月や木の枝を見ることはできないということを約束し、はっきりと知ること……ぜったい見ないということだった。いま彼女は、見るという危険をおかすことはできなかったから――だから、とにかく、何だというのか？　なぜって、股はいま本当にからっぽで、死んでしまっているからだ。そこから生命《いのち》を奪ったのはスーラ、心を打ち砕いたのはジュード、彼女を股もなく、心もなく、筋道をつけようとする頭だけの存在にしてしまったのは、その二人だった。

そしていま、この年老いた股でわたしはいったい何をすればいいんだろう。これらの部屋をただ行ったり来たりするだけか？　それが何の役に立つのでしょう、イエスさま？　日の出から日の入りまで、それはわたしが必要とする平和をけっして与えてはくれないでしょう。それが何かの役に立つのでしょうか。これから先の長い歳月の間ずーっとわたしは、わたしの脚の間にけっして誰も入ってくる人がないまま、四本の取手がついたあの棺のところまではるばる歩いていかねばならないと、おお、神さま、あなたはわたしに言おうとなさるのでしょうか。たとえわたしがこの古い枕カバーを縫いあげ、ポーチを洗いきよめ、わたしの子供たちを養い、敷物をたたき、石炭入れから石炭を投げあげようとも、誰も入ってこないとおっしゃるのですか。おお、イエスさま、もしそうしなければならないのなら、らばにもなり、この手で畦《あぜ》を作りましょう、また、その必要があるのなら、わたしの背でこのぐらぐらする壁をも支えましょう、この世界のどこかでいつかある夜、山のくぼみで引きしまったカウボーイの腰に向け、わたしの両脚を開くことができるとわかっているのなら。でもあなたはいけないと言おうとなさるのですね。おお、やさしいイエスさま、これはいったい、どういう十字架なのでしょう?

1939

エヴァがサニデイルに入れられたという噂がひろまったとき、ボトムの人々は頭を横に振って、スーラはゴキブリだと言った。のちに、どういうふうに彼女がジュードを奪い、それから彼を棄ててほかの男どもに乗り換えたかを見、一方ジュードがデトロイト行きのバスの切符を買った成り行き（デトロイトで彼は息子あての誕生日のカードを買ったが、ついに郵送はしなかった）を聞いたとき、人々はハナの（または自分たち自身の）だらしない生き方をすっかり忘れて、彼女をあばずれだと言った。みんながスーラの帰郷を告げる疫病神のようなコマツグミの襲来をおぼえていて、ハナが焼け死ぬさまを彼女がじっと見ていたという話がもう一度人々の口の端にのぼった。

しかし、彼女に決定的なラベルをはり、永遠に消えない烙印《らくいん》を押したのは、男たちだった。彼女が許すべからざる罪――理解することもなければ、弁解もきかず、あわれみの余地もない罪――をおかしていると言いはじめた張本人は、男たちだった。後もどりがきかない道、どうしても洗い流すことができない汚れ。彼らはスーラが白人の男と寝ていると言った。それは事実ではなかったかもしれないが、たしかにあり得ることだった。彼女は明らかにそういうことをやりかねない女だった。いずれにせよ、そういう噂がたちはじめたとき、すべての人の心はスーラにたいして閉ざされた。その噂を聞くと、年取った女はくちびるをきっと引きしめ、小さな子供たちは恥ずかしがってそっぽを向き、若い男たちは彼女に加える手のこんだ拷問《ごうもん》を空想した――ただ彼女を見かけたとき、もう一度口に唾がわいてくるように。

彼らはみんな、一人一人が自分勝手な先入観にしたがって、その情景――スーラが誰か白人の男の下になっているさま――を想像し、息がつまりそうな嫌悪感でいっぱいになった。彼女がやりそうなことでそれ以上卑《いや》しいこと、それ以上汚いことは何もない。彼ら自身の皮膚の色が、かつて自分たちの家族も白人と同衾《どうきん》したことを証明しているにもかかわらず、彼らはかんしゃくを抑えようとはしなかった。また、喜んで白人女のベッドに寝たいという黒人の男たちの心にひそむあこがれも、彼らにとっては、寛容に通じる考慮すべき事柄にはならなかった。彼らは、白人の男と黒人女の結びつきはすべて強姦の形しかあり得ない、黒人の女が進んで白人の男と寝るということは文字通り考えられないから、と言い張った。そういうふうにして彼らは、人種の統合ということを白人の行為とまったく同じ悪意の仕業だと考えた。

そういうわけで、人々は夜、入り口のドアにほうきの柄を横に渡したり、玄関の石段に塩をまいたりした。しかし、彼女の歩いたあとからほこりを集めようとして、一、二度失敗したことを別にすると、彼女に害を与えるようなことは何もしなかった。いつものように黒人たちは、石のように無表情な目で邪悪なものを眺め、それを放っておいた。

スーラは、このような人々の魔除《まよ》けの試みや、ゴシップに全然気がつかず、誰の手助けも必要としていないように見えた。そこで人々は、この町のどんなほかのゴキブリやあばずれ女を観察するよりも、はるかにくわしく彼女の動静を見守った。そして、彼らの油断のない警戒は報いられた。いろいろな事件が起こりはじめたからだ。

第一にティーポットが、彼女のところにびんがあるかどうか訊こうとして、ドアをノックした。彼は五歳になる男の子で、子供にまったく無関心な母親に育てられた。母親のすべての関心は、タイム・アンド・ア・ハーフ・プール・ホールの入口のまわりに向けられていた。彼女は名をベティと言ったが、ティーポットのママと呼ばれていた。彼のママになったことが、まさに彼女がおかした重大な失敗だったからだ。スーラがびんはないと言うと、少年はまわれ右をしたが、そのとき石段から落ちた。彼はすぐには立ち上がることができなかったので、スーラが助けに行った。彼の母親はちょうどそのとき、千鳥足で家へ帰るところだったが、スーラが息子の痛そうな顔の上にかがみこんでいるのを見た。するとたちまち、たとえ酔っ払ってはいても、子を気づかう母性愛を発揮して、ティーポットを引きずるようにして家に連れ帰った。彼女は、スーラが押し倒したのだとみんなに触れてまわり、あんまり強硬な話し方をしたので、どうしても友だちの忠告を受け入れ、彼を郡の病院に連れていかねばならなくなった。そのために二ドル手ばなすのがいやだったが、結局、二ドルは有効に使われたことになる。たしかにティーポットの骨は折れていたからだ。もっとも医者は、貧弱な食生活のおかげで骨がかなり弱くなっていたからだと言ったが。とにかく、ティーポットの母親は皆から大いに注目されるようになり、これまで見せたこともない性質、つまり、母性という役割に浸《ひた》りきることになった。大人の女が息子に怪我をさせたと考えただけで、彼女は不愉快《ふゆかい》な腹立ちをおぼえた。それで、この上なく献身的な母親になった。酒は飲まず、身ぎれいで、勤勉な母親。もはやティーポットに五セントの白銅貨をやって、ディックの店でミスター・グッドバーズ（チョコレート入りキャンデーの商品名）とソーダ水の朝食を食べてこいと言うようなことはなくなった。彼女がほかのことにうつつをぬかしている間、長い間彼をひとりぼっちにしておくとか、道をぶらぶらうろつきまわるままにさせておく、というようなこともなくなった。小さなティーポットは、ディックの店で昔のように静かな時間を過ごすことができなくなったのを実はさびしく思ったものの、母親が変わったのは、たしかにありがたかった。

ほかの事件も起こった。フィンリーさんが、過去十三年もの間ずっとやってきたようにポーチにすわって鶏の骨をしゃぶっていたところ、顔を上げたとたんスーラを見て、のどに骨をつまらせ、即死した。その事件とティーポットの母親が、スーラの目の上のあざの意味をみんなにはっきりとわからせた。それは茎のついたバラの花や蛇ではなく、ハナの屍灰《しかい》が最初からしるしをつけていたのだ、ということになった。

スーラは下着もつけず教会の夕食会にやって来て、湯気のたちのぼる大皿に盛られた食べ物を買い、ただそれをちょっとつつくだけで――どんなものも味わって食べるとか、あばら肉やフルーツパイを食べても、おいしいなどと誉めるようなことはしなかった。それで、人々は彼女が、自分たちの神さまをあざ笑っているのだと思いこんだ。

その上、町の女たちの間に彼女がかきたてた激しい怒りは、信じられないほどすさまじかった――スーラは、彼女たちの夫と一度だけ寝て、その後は棄ててしまうからだ。ハナは困り者だったが、ある意味では、彼女たちの夫をほしがることで女たちの自尊心をくすぐった。しかしスーラは、男たちをいろいろと試したあとで、男たちが納得できるような言いわけは何もしないで、あっさり棄ててしまうのだ。そういうわけで女たちは、自分たちの判断を正当化するために、男たちを前以上に大事にし、スーラが傷つけた男たちの誇りや虚栄心を慰めてやろうとした。

だんだん積み重なっていく有力な証拠のなかに、スーラが年相応に見えないという事実があった。スーラは三十歳近かったが、ほかの女たちとは違い、歯も揃っていれば、打ち傷のあともなく、腰のまわりの脂肪の輪や、首のうしろの肉のたるみなどは全然できていなかった。噂では、子供時代どんな病気もしたことがなく、水疱瘡にかかったこともクルップ（偽膜性喉頭炎）にかかったことも、水洟《みずっぱな》を垂らしていたこともないという話だった。彼女は子供のとき、乱暴な遊び方をしていた——そのときの傷痕はどこにあるのか？　おかしな形をした一本の指と、あの邪悪なあざ以外、彼女が生身のからだであることを示すありふれたしるしは何もない。少年の頃彼女とデートしたことのある男たちは、ピクニックのとき、ぶよも蚊も彼女にはとまらなかったことを思い出した。かつてのハナの友達のパッツィはその通りだと言い、そればかりか、スーラはビールを飲んでもけっしてゲップをしないことをこの目で見たと話した。

しかし、いちばんいまわしい証拠はデシーがもち出してきた。彼女は大きなからだをしたエルク友愛組合員で、いろんなことを知っていた。ある社交の集まりの席上、彼女はあることを自分の友達に打ちあけた。

「そうよ、わたしずっと前、あることに気がついたの。でも、それについちゃ何も言わなかった。だって、どういう意味かはっきりわからなかったから。そうねえ……わたし、たしかアイヴィには話したけど、ほかの人には誰にも話さなかったの。どのくらい昔かってことは忘れてしまったわ。一、二カ月前だと思うけど、というのはね、家でまだ新しいリノリウムを敷いてない時だったから。コーラ。あのリノリウム見た？　あれ、わたしたちがカタログで見たやつよ」

「まだよ」

「先を話してよ、デシー」

「そうね、わたしたちがカタログを見たとき、コーラがいっしょにいたのよ……」

「わたしたちみんな、あんたのリノリウムのこと知ってるわ。わたしたちが知りたいのはねえ……」

「オーケー。話してあげるったら。リノリウムが来るちょっと前、わたし表に出ててね、シャドラックがいつものように魚をかついで来るのを見たのよ……上の、あの井戸のそばをね……あのまわりをぐるっと歩いて、あいさつしいしいかついで来るところをね。彼のやり方わかってるでしょうが……何やら命令をどなって、それから」

「早く話してよ」

「誰が話してるの？　あんた、それともわたし？」

「あんたにきまってるわ」

「それなら、わたしに話させてよ。さっき言ったように、彼はいつものように魚を切り分けてたのよ。ちょうどそのとき、ミス・スーラ・メイが道の向こう側を通りかかったのさ。そしたら、この通りあっというまに」——彼女は指を鳴らした——「彼は切るのをやめて、つかつか道路を横切って、彼女のとこに歩いていくじゃないの、まるで短い穀草のなかに入った背の高い七面鳥みたいに。そして、何したと思う？　帽子をちょっと脱いで、あいさつしたのよ」

「シャドラックは帽子なんかかぶってないよ」

「そんなことわかってるけど、とにかく、帽子脱いであいさつしたのよ。わたしの言うこと、わかるでしょ。彼はまるで帽子をかぶってるような態度で、帽子の方に手を伸ばして、それを脱いで彼女にあいさつしたのよ。ねえ、シャドラックはどんな人にたいしても行儀がよかったためしがないこと、あんたたち知ってるでしょ！」

「たしかにね」

「あんたたちが魚買ってやるときでさえ、彼、悪態をつくものね。お釣りの金額が間違っていても、客に悪態をつくでしょうが。魚があんまり新しくないようなことを言いでもしようものなら、まるで売ってやるみたいな態度で、お客の手から魚を引ったくるしね」

「そうよ、彼が神さまから見放された人間だってことは、みんなが知ってるわ」

「うん。だから、彼が帽子を脱いでスーラにあいさつしたのはどういうこと？　なんで彼、スーラに悪態つかないのかねえ？」

「二匹の悪魔だからよ」

「ほんと、ほんと！」

「彼が帽子をとったとき、彼女はどうしたの？　にやっと笑っておじぎでもしたの？」

「いいや、それは別の話よ。彼女がにくにくしい顔以外の顔つきしてるのをわたしが見たのは、それがはじめてだった。なんかこう目で匂いを嗅いでみたけど、あんたの石けんの匂いが気に入らないっていうふうだったね。彼が帽子をとってあいさつしたとき、彼女はちょっとの間、手をのどに当ててたけど、すぐ逃げて行った。道を走って、家に帰ったのよ。それで彼のほうは帽子を取ったまま、そこに立ってたわ。それから――これがこの話の肝心なとこだけど――わたしが家に帰ってきたら、大きなものものらいが目にできてたのよ。わたし、それまで一度もものもらいなんかできたことなかったのにね、一度もよ！」

「それ、もちろん、あんたが見たからよ」

「まったく、その通りよ」

「ほんとに悪魔だね」

「それは間違いないわ」とデシーが言った。それから彼女は、一組のトランプにかかっていたゴムバンドをぽんとはじきとばし、競《せ》り札ホイストの長くて楽しいゲームに取りかかるため、カードを切りはじめた。


スーラの魔性についての人々の確信は、もっともながらふしぎな方法で人々を変えた。ひとたび個人的不幸の源が確認されると、彼らはお互いにわけへだてなく保護しあい、愛しあうようになった。彼らは夫や妻を大事にしはじめ、子供たちを守り、家の修理をし、彼らのただなかにいる悪魔にたいしておおむね団結しはじめた。彼らの世界では、異常性は恩寵《おんちょう》と同じほど自然の一部だと考えられている。それを追放したり、根絶したりするようなことはしない。彼らは、スーラを連れ帰ったコマツグミを殺そうとしなかったのと同様、彼女を町から追放しようとはしなかった。彼らが心の奥底で認識しているところによると、神は、讃美歌にあるような三つの顔を持った神ではなかったからだ。神には四つの顔があることを彼らはよく知っていた。そして、四番目の顔がスーラの件を説明してくれた。彼らは今までの生涯を通じて、多種多様な形の悪と同居してきたが、それは神さまが自分たちの面倒を見てくれると信じていたためではない。むしろ神様には一人の兄弟があって、その兄弟が神の息子でさえ容赦しなかったのだから、どうして自分たちを容赦してくれようか、ということがわかっていたからだ。

彼らが自分の手で破滅させてしまわねばならないほど神に背《そむ》く生き物などは、存在しなかった。かっとして怒りに我を忘れれば、簡単に殺すことはできたが、計画的に殺すことはできなかった。だからどんな人間も、「大勢がよってたかって殺す」ことはできないのだ。そういうことをするのは、自然に背くばかりか、威厳にかかわることでもあった。悪の存在は、最初にそれを認めて、対処し、それから生き残り、裏をかき、打ち負かすものだった。

スーラにたいする不利な証拠は人々がでっちあげたものだったが、彼女についての結論は違う。スーラは、明らかに人々と違っていた。エヴァの傲慢とハナの放縦《ほうしょう》が彼女のなかで溶けあっていたが、彼女はすべてを想像からひとひねりして、自分の思想や情緒《じょうちょ》を探索し、両者を自由にふるまわせ、相手の喜びが自分の喜びと一致するのでなければ、人を喜ばせる義務などは全然感じないで、毎日を生きのびてきた。相手に苦痛を与えると同時に自分も苦痛を感じたいと思い、相手を喜ばせると同時に自分も喜びたいと考えていたため、いわば実験的な生活を送っていた——母親の言葉を聞いて、あの階段を駆けあがったとき以来、また、川の土手の上で、まん中が閉じてしまった水面がもとになって、責任にたいするひとつの主な感情が追放されて以来、ずっとそうだった。最初の経験が彼女に、当てにできるような人間はほかに誰もいないことを教え、二番目の経験が、当てにできる自分もないことを教えた。彼女には中心がなく、成長していく上の核となる点もなかった。誰かとの楽しい語らいの最中に、彼女は「どうしてあんた、口を開けたままぐちゃぐちゃ噛むの?」と言うことがあった。答えを聞きたいからではなく、人の顔がさっと変わるさまを見たいからだった。彼女には野心がまったくなく、金や財産や事物にたいする愛着も、貪欲さも、人の注意をひいたり、お世辞を言ってもらいたい欲望も全然なく——自我がなかった。こういう理由のために、彼女は、自分を確かめたい——自分の本質に徹したい——という強い衝動は感じることがなかった。

彼女がネルに執着したのは、ネルが他人と自分との両方にいちばん近い存在だったからだが、その結果は自分とネルはまったく同じものではないことを発見したにすぎない。彼女は、ジュードとベッドに入ったとき、ネルを苦しめようとは全然思ってもいなかった。

二人はつねに、ほかの人々にたいする愛情を分かちあってきたし、男の子がどういうふうにキスするか、その男の子がある人にたいしてはどういう手くだを用い、ほかの人にはどういう手くだを用いるかも、くらべあった。どうやら結婚がこういうことをみんな変えたらしい。だが、結婚については何のくわしい知識もなく、男たちはみんな手に入るものだと考え、彼らのうちから好みの男だけを注意して選び出していた女たちと同じ家に長く暮らしてきたので、スーラは、親しい一人の人間の所有欲にたいしては全然無知だった。彼女はほかの女たちが言ったり感じたりしていたこと、あるいは感じたと言ったことについては、知りすぎるほどよく知っていた。しかし、彼女とネルはいつも、女たちの心のなかを見通していた。二人とも、これらの女たちはほかの女に嫉妬しているのではなく、職を失うことだけを恐れていることを知っていた。また夫が、彼女たちの脚の間にあるものは唯一無二ではないことを発見するのではないかと恐れていることも。

　ネルは自分からは何も求めず、スーラのあらゆる面を受け入れていた唯一の人間だった。いまネルはすべてをほしがっていたが、それはみんなあのことのためだった。ネルはスーラにとって本物に見えた最初の人間で、その名を自分が知っていた人、限界まで挑戦することのできる生き方があることを、自分と同じように見てきた人間だった。それがいま、ネルは彼女らの一員になってしまった。考えることといったら、張りめぐらした車輪のようなクモの巣にもう一つの輻《や》をつけることだけで、乾いた薄暗い場所に、自分の吐いた唾で垂れさがり、下に待ちかまえる蛇の息よりも、自由意志で落ちるのを恐れるクモの一匹になりさがった。その眼は、網にひっかかったはぐれ者のよそ者をあんまり一心に見つめているため、背後にあるコバルト色の空も、隠れ家の隅々までさしこむ月の光も目に入らない。蛇の息がかかるとすれば、それがいかに致命的であろうと、彼女たちはただの犠牲者になるだけで、その役割の演じ方はわかっていた（ちょうどネルが、傷つけられた妻としてのふるまい方を知っていたように）。しかし、自由意志による落下は、おお、いやだ、それに要る——要求される——のは創意だった。もし彼女たちが、物の味を充分に味わいたければ、つまり、本当の意味で生きたければ、羽を上手に使うこと、足の抱え方をおぼえること、何よりも下へ向かう飛翔にすっかりからだをゆだねることが必要だった。しかし、いまのネルも同じだが、彼女たちは本当の意味で生きることを望んではいない。あまりに危険が大きすぎるからだ。いまネルは、この町とその慣習にすっかり同化している。彼女は人々に自分をゆだねてしまった。彼らの舌がちょっとでも動けば、彼女はすぐあのちっぽけで無味乾燥な隅にもう一度帰ってゆき、蛇の息もかからず落ちもしない高みで、ひっそりと自分の唾にしがみつくだろう。

ネルがほかの人々と同じ行動をしたので、スーラは少し驚き、ひどく悲しんだ。彼女が流れ流れた末にメダリオンに帰ってきた理由の一つは、ネルがいたからだった。それと、ナッシュヴィル、デトロイト、ニュー・オーリンズ、ニューヨーク、フィラデルフィア、メイコン、サン・ディエゴで味わった退屈さのためだった。これらの都会には同じ人々がいて、同じ言葉をしゃべり、同じ汗を流していた。彼女をこれらの都会のあちこちに連れていった男たちは、大きなひとつの型の人間に溶けこんでいた。いつも同じ愛の言葉、同じ愛の慰《なぐさ》め、同じ愛の冷め方。彼女が独自のひそかな想いを愛撫《あいぶ》や行為に持ちこもうとすると、いつでも彼らは目を閉じてしまう。彼らが教えたのは愛の技巧《ぎこう》だけ、分けてくれたのは悩みだけ、与えてくれたのは金だけだった。その間中、彼女は友だちを求めていた。そして、恋人は——女にとって——同志ではなく、けっして同志になることはできない、ということを発見したのは、かなりたってからだった。また、あれほど切《せつ》に手を伸ばし、手袋をはめない手で触れたいと思った自分の分身になれる人は、永久にいないことを悟ったのも。あるのはただ、自分ひとりの気分と気まぐれだけだった。そして、もしあるのがたったそれだけなら、そのほうに裸の手をのばし、おおいを剝ぎ、ほかの人間も彼女と同じほど自分に忠実な人間にしようと、彼女は心に決めたのだ。

ある意味では、彼女の風変わりでナイーヴな性質、自分に等しい半身にたいするあこがれなどは、無為《むい》な想像が生み出したものだった。彼女に絵の具や粘土があったら、または、舞踊や弦楽器のたしなみがあったら、それとも旺盛《おうせい》な好奇心や比喩《ひゆ》の才をいかす何かの手段があったら、落ち着きがなく気まぐれないまの生き方を、あこがれたものすべてを与えてくれる活動と取りかえることができたかもしれない。こうして、芸術的な表現形式をもたない芸術家のように、彼女は危険な存在になったのだった。

スーラは、生涯に一度だけうそをついたことがある――エヴァを追い出した理由についてネルに話したときのことだ。うそをつくことができたのは、ネルにたいしてだけだった。それだけ、ネルのことを気にかけていたからだ。故郷に帰ってきたとき、うそがつけないので、彼女には社交的な会話はできなくなっていた。昔からの知り合いに向かって、「ちょっとあんた、元気そうね」とは言えなかった。長い歳月が、彼女たちの青銅色の肌を灰のように白茶けさせ、かつては月に向かって大きく見開かれていた目が、気づかいで汚れた鎌《かま》の刃形のように細くなっているのを見たからだ。生活が幅のせまいものになればなるほど、腰回りは太くなっている。夫のある女たちは、糊《のり》がきいたごわごわの経帷子《きょうかたびら》に身を包んでいたが、両脇は、皮膜でおおわれたほかの人々の夢や、骨ばった後悔で張り裂けていた。夫をもたない女たちは、いつもうつろな穴が一つある針、先端に酢を塗った針に似ている。男のある女たちには、オーヴンや蒸気三脚やかんからやさしさを吸いとられた息をしていた。彼女たちの子供は、怪我をしたのはかなり昔でも、まだむき出しになっている傷と同じで、血を分けているため、彼らの痛みは自分の痛みと同じほどつらい。彼女たちは世間を見てから子供たちを振り返り、また世間を眺めては子供たちを眺めた。そこでスーラは、かすかに反《そ》ったのどもとにナイフを当てないのは、ひとえに澄み切った幼い眼を見ているためだ、ということがわかった。

いま彼女は、社会ののけ者で、自分がそういう存在だということを知っていた。人々が自分をさげすみ自分を憎むのは、簡単に男と寝るからだと考えていた。簡単に寝るのは事実だった。彼女はできるかぎりひんぱんに男とベッドに入った。そこだけが、求めているものを、みじめさと、深い悲しみを感じることのできる力を見出せる唯一の場所だったから。彼女は、自分が心から望んでいるのは悲しみだということを、つねに意識していたわけではない。最初、愛のいとなみは、特別な歓びの創造であるように思われた。彼女は、自分がセックスのすすけたところとそのコメディが好きなのだと考えていた。ぎしぎしする愛の始まりの間、彼女はよく笑った。そして、セックスをすこやかなもの、美しいものと考える恋人たちをしりぞけた。セックスの審美学にはうんざりした。セックスを醜い（醜さもうんざりするものだったから）とは考えなかったが、邪悪なものだと考えたかった。しかし、経験が広くなるにつれ、セックスは邪悪でないばかりか、それを充分楽しむには悪の概念をよびさます必要はないことを悟った。愛の行為の間、彼女はピリッとくる鋭さを見出したし、それを見出す必要があった。彼女がからだに協力することをやめ、行為のなかで自分を主張しはじめたとき、鉄屑が強力な磁石の中心に惹かれていくように、力の微粒子がからだのなかで結集し、何物も破ることができないがっちりした固まりを作りあげるように思われた。その上、誰かの下に横たわること、自分の永続的な強さと無限の力を感じながら、降伏の体位で横たわることには、最大の皮肉と怒りがあった。しかしその固まりは破れてばらばらになり、彼女はそれを元に寄せ集めようとしてうろたえ、その端から無音の世界へ飛びおり、ハリケーンのように吹き荒れる歓びのさなかに悲しみの中心を見、事物《じぶつ》の終わりがきたという突き刺すような意識に大声をあげて泣きわめきながら、降りていくのだった。そこには、その沈黙の中心には、永遠ではなく時間の死があり、あまりに深いので言葉も意味を失うほどのさびしさがあった。さびしさは他人の存在の不在を想定するが、彼女がその絶望の地に見出した孤独は、他人の存在の可能性をけっして許さないものだったからだ。そのとき、彼女は泣いた。この上なくちっぽけなものの死にたいして涙を流した。捨てられた子供の靴。波浪《はろう》にたたかれ、溺れさせられて、折れてしまった沼地の草の茎。一度も会ったことのない死んだ女たちの、大学のダンスパーティのときの写真。質屋のショーウインドウに入った結婚指輪。もみがらのなかに横たわったコーンウォール産めんどりのこぎれいなしかばね。

相手がからだを離したとき、彼女は男の名を思い出そうとして、いぶかしげな表情で男を見上げる。男は彼女を見下ろし、自分が相手に味わわせたと思う涙を流さんばかりの歓喜の有様をやさしく思いやってほほえんだ。彼女は、彼が背を向け、しめった満足感の上澄みとかすかな嫌悪感のなかに落ちつき、彼女に性交後の独りだけの想いにふけらせてくれるのを、いらいらして待った。その想いのなかでこそ、自分自身に会い、自分を迎え入れ、くらべようがないほどぴったり自分とひとつになることができるのだから。

二十九歳のとき、自分にはほかの道はないとわかってはいたものの、ポーチの上の足音、青いガラスの窓越しに自分のほうをじっと見つめる美しい黒い顔のことは、考えに入れていなかった。エイジャックスのことは。

十七年前彼女を「いいたま」と呼んだときと同じように、今また彼はじーっと彼女を見つめている。彼はあのとき二十一歳で、彼女は十二歳だった。あのとき二人の間には、宇宙ほどの大きな年のへだたりがあるような気がしたものだ。いま彼女は二十九歳で、彼は三十八歳だった。結局、黄色いレモン色をしたズボンの腰は、さほど遠いものとは思われなかった。

彼女が重いドアを開けると、彼が網戸の向こう側に、大理石の彫像のように二クォートのミルクびんを両腕に抱いて、立っているのが見えた。彼は微笑して言った。「町中きみを探しまわったんだぜ」

「どうして？」と彼女が訊いた。

「これをあげようと思ってさ」と彼は、一クォート入りのミルクびんの一方にうなずいて見せた。

「わたし、ミルクきらい」と彼女が言った。

「でもびんは好きだろ？」彼はびんを一本さしあげた。「これ、きれいじゃないか？」

事実、そのびんはきれいだった。彼の指につるされ、なめらかな青い空に縁どられていると、それは貴重で、清潔で、永久的なもののように見える。彼が何かの危険をおかしてそれを手に入れたという、はっきりした実感が湧いてきた。

スーラは、ほんの一秒くらいの間、考え深そうに指の爪を網戸に走らせたが、そのあと笑いながら網戸を開けた。

エイジャックスはなかに入り、まっすぐ台所に行った。スーラは、ゆっくりそのあとについて行く。彼女がドアのところまで行かないうちに、彼はややこしい針金のキャップを外し、冷たいミルクをのどに流しこんでいた。

スーラはしだいに興味がつのってくるのをおぼえながら、彼を――むしろ、彼ののどの律動的な動きを――眺めていた。彼は、満ち足りるほど飲んでしまうと、残りを流しの上に注ぎ、びんをすすいで、彼女に贈った。彼女は片方の手でびんを受け取り、もう一方の手で彼の手首をつかまえ、彼を食料貯蔵室のほうへ引っぱった。そこに入る必要はなかった。家には誰もいなかったからだ。しかし、ハナの娘としては、その仕草がひとりでに出てきてしまったのだ。そして、そこの食料貯蔵室のなか、今はメリケン粉の袋もなく、何列にも並んだ缶詰もなく、小さな緑色の胡椒をくくった紐も永久になくなってしまったその部屋で、彼女は、濡れたミルクびんを片手でしっかりと抱き、壁を背に大きく脚を開いて立ち、鉄道線路のように引きしまった彼の腰から、彼女の太ももが味わえるかぎりの歓びを引き出した。

それから彼は、贈り物を抱えて、定期的に訪れてくるようになった。まだ枝にぶら下がっている黒イチゴの房、《ピッツバーグ・クーリエ》のサーモンピンク色の紙に包んだ四尾の、ひき割りトウモロコシ粉にまぶして揚げた鯛《タイ》、一握りのパラミツの実、二箱のライムのジェリー〈ジェル＝ウェル〉、氷売りの荷車から買ってきた氷の固まり、ボンネットをかぶった女が棒切れでほこりをたたき出している絵がついた〈オールド・ダッチ・クレンザー〉の缶、骨折りテイリーの漫画、それからもっと多くの白く輝いているミルクびん。プール・ホールのあたりをぶらぶら歩いたり、彼の犬をぶったからとフィンリーさんになぐりかかったり、通りすがりの女たちに向かって卑猥《ひわい》なお世辞を浴びせたりする彼の姿からは誰も想像できないほど、エイジャックスは女たちにたいしてひどくやさしかった。もちろん彼の女たちはそれを知っており、それがもとで彼をめぐる殺しあいの喧嘩を通りのまん中でよくおっぱじめた。金曜の夜、何度も何度も、太いももをした女たちがナイフを振りまわしてどなりあい、流血の大げんかをくり広げて町をさわがせ、おもしろ半分の野次馬をにぎわせた。そういうとき、エイジャックスは野次馬といっしょになって、老人たちのチェッカーを眺めるときと同じ無関心を金色の眼に浮かべて、喧嘩をしている女たちの見物をした。掘っ立て小屋のなかで、彼より年下の六人の息子といっしょにすわり、木の根に何かの仕かけをしていた母親以外、彼は生涯一度もおもしろい女に出あったことがなかった。

　女たちみんなにたいする彼の親切な態度は、誘惑の儀式（彼には誘惑する必要がなかった）のためではなく、どちらかというと母親に接していて身につけた習慣によるものだった。彼女は、息子たち全員に、思いやりと寛大さを教えこんだからだ。

　彼女は、呪文を唱えて悪霊を呼び出す女で、母親を愛する七人の子供に恵まれていたことは幸いだった。彼女のもとに、必要な植物や、髪の毛や、下着や、爪の切りかすや、白いめんどりや、血や、樟脳《しょうのう》や、写真や、灯油や、歩いたあとのほこりをもってきたり、同じくヴァン・ヴァンや、征服者ハイ・ジョンの精力剤や、リトル・ジョン・チューインガムや、悪魔の靴の紐や、中国の洗剤や、カラシナの種や、九つの薬草などを、シンシナティに注文するのが子供たちの非常な喜びだったからだ。彼女は天候、前兆、生者、死者、夢、すべての病気のことについてよく知っており、その技術でささやかな生活の資を得ていた。歯があったら、または、一度でも背中を真っ直に伸ばしたことがあったら、彼女は生きている者のなかでもっとも華やかな存在になっただろうし、息子たちに許した絶対的な自由（ある地域では怠慢と言われていた）や、霜《しも》をおくほど古めかしい知識の重さのためではなくとも、ただ美貌だけのために、息子たちから崇拝される価値のある存在になったことだろう。

　エイジャックスはこの母を愛していて、次には――飛行機を愛していた。その中間には何もない。したがって、母親の言葉に聞きほれてすわっているのでなければ、飛行機や、パイロットや、その両方を抱えこんでいる深い空のことを考えた。人々は、州内の大都市を訪れる彼の長旅は、自分たちにはただうらやむ以外あずかり知ることのできない、何か気のきいた楽しい経験のためだろうと考えていた。だが実は、飛行場の鉄条網によりかかったり、そういう職業にたずさわることができるほど幸運な男たちの話をちょっと小耳にはさむために格納庫の付近に鼻を突っこんで歩いたりしているだけだった。残りの時間、つまり、母親の魔術を見たり、飛行機のことを考えていない時間を、彼は小さな町で仕事もなくぶらぶらしている独身者と同じように無為に送っていた。彼はスーラについて一部始終を聞き、その話が好奇心を呼び起こした。彼女のとらえどころのなさや、定められた行動習慣にたいする無関心が、母親を思い出させた。母親は、大聖マタイ教会の女たちが自分たちを救ってくれる神の恩寵を求めるのと同じほどかたくなに、魔術の世界を探求していたからだ。そういうわけで好奇心が充分高まったとき、彼はある白人の家のポーチから二本のミルクびんをかっぱらい、スーラに会いに行ったのだった。たぶんこの女は、母親を除いては自分の人生を思いのままに生き、てきぱきと生活を処理することができ、彼を縛りつけておくことに興味を抱かない唯一の女だと考えながら。

スーラも興味をそそられた。彼女は、何年も前に彼が呼びかけた言葉と、そのとき彼が心に呼び起こした感情よりほかには、彼について何も知らなかった。彼女は、他人の生活についての月並みな話題や、だんだん高じてくるメダリオンへの不満に、すっかり慣れっこになっていた。もしほかに行く場所を思いついたら、おそらくここを出て行ったことだろうが、それはエイジャックスが青いガラス越しに彼女を眺め、ミルクのびんを高々とトロフィのように差しあげる前のことだった。

しかし、彼女が自分の太ももで彼を包みこむ気になったのは、プレゼントのためではない。もちろん、プレゼントはすてきだったが（とくに、彼が寝室で飛び立たせた蝶を入れたガラスびんは）、彼女が心から嬉しく思ったのは、エイジャックスが彼女と話しあったことだった。二人は、まじりけのない話しあいをした。彼は彼女を見くだした話し方もしなければ、揶揄《やゆ》もせず、彼女の生活について子供っぽい質問をしたり、自分の行動についての独り言で満足したりもしなかった。おそらく母親のように才気煥発《さいきかんぱつ》な女性だろうと考えながら、彼は彼女から才気を期待しているように見え、彼女はそれを発揮した。そして、こうしたことが行なわれる間中、彼は自分が話す以上に聞き役にまわった。彼女といっしょにいるのが明らかに楽しい様子、のんびりとだが、進んで彼女に苦境や、草木の持つ底力などすべてについて話そうとする傾向、彼女を甘やかしたり保護したりはすまいとする態度、彼女がタフで賢いという彼の想定――こうしたことすべてが、ほんのときたましか爆発して復讐心を起こさせることはない、非常に幅の広い心の寛《ひろ》さといっしょになって、スーラの関心と熱意を支えていた。

彼がこの上なく幸せに思うのは（天上の至福に対置した地上の至福）、ちりちりするほど熱い湯のなかに——頭を白く冷たいふちにのせ、目をうっとりと閉じて——長いことつかっていることだった。

「熱いお湯につかってると、背中が悪くなるよ」石けんの泡で灰色になった水面からちょっとのぞいて、きらきら光っている彼のひざを見ながらスーラが戸口に立って言った。

「スーラのなかにつかってると、背中が悪くなるよ」

「その価値あるでしょ？」

「まだわからないね。あっち行けよ」

「飛行機のこと考えてるの？」

「そう、飛行機のことさ」

「リンドバーグはあんたのこと知ってる？」

「あっち行けよ」

彼女はそこを出てゆき、エヴァの背の高いベッドのなかで、板を打ちつけた窓に頭を向けて彼を待った。彼女は、白人の仕事がしたいという彼の熱望がどんなにジュードの願いに似ているかを考えながら、ほほえんでいた。ちょうどそのとき、二人のデューイ兄弟が美しい歯をきらめかせながら入ってきて、言った。「おれたち、病気だよ」

スーラはゆっくりと頭をめぐらし、ささやいた。「よくおなり」

「おれたち薬がいるんだ」

「バスルームをのぞいてみな」

「あそこにゃエイジャックスがいるよ」

「なら、待てば」

「おれたち、いま病気なんだよう」

スーラはベッドからからだを乗り出し、靴の片方を拾いあげ、彼らに投げつけた。

「口であれ吸うやつやーい！」と二人は金切り声をあげたので、彼女は裏庭の犬と同じほど真っ裸でベッドから跳びおりた。それから赤毛のデューイのシャツを捕まえ、彼がパンツを濡らすまで階段の手摺《てすり》の上から踵を押さえて宙吊りにした。もう一人のデューイは三番目のデューイといっしょになって、ポケットに手を突っ込んで石をとり出し、彼女に投げつけた。スーラは、ひょいと頭を低くし、笑い声をあげてよろめきながら、濡れたデューイを寝室まで運んだ。ほかの二人が歯のほかすべての武器を奪われてそのあとについてきたとき、スーラは最初のデューイをベッドの上に下ろして、財布のなかを探った。彼女が一人一人に一ドル紙幣をやると、彼らはそれをひったくり、階段を駆けおりて、飲むのが大好きなカタル止めの薬を買いにディックの店へ走っていった。

エイジャックスはびしょ濡れのままで部屋に入って来、ベッドの上に横たわって、空気が乾かしてくれるのを待った。彼がついに手をのばして彼女の腕に触れるまで、二人は長いこと静かに横たわったままだった。

彼は、彼女のほうが自分の上に乗るのを好んだ。そうすれば、彼女が自分の上にそそり立つのが見え、やさしく猥褻《わいせつ》な言葉を彼女の顔に投げつけることができるからだ。彼女はひざをついたジョージア松のように前後左右にゆれ動き、とらえどころのない彼の微笑の上、彼の金色の目とベルベットのようになめらかな髪のはるか上のほうで、前後左右にゆれながら、腰にあふれてくる何もかもめちゃくちゃにしてしまいそうな感覚の気配をせきとめようと、思いを凝らしていた。彼女は、恐ろしい高みと思われるところから、はるか下のほうにある男の頭を見下ろしていた。そのレモン色のギャバジンのズボンが最初の性的興奮を味わわせてくれたのだ。彼女が彼の顔に思いを凝らしたのは、もちこたえるためだった。ほんの少し長い間。でなければ、肉体が今にも深いオルガスムの沈黙のほうへ彼女を突き流していきそうだったから。

ワタシガセーム革ノフキンヲ取ッテ、骨ノ上ヲ、アンタノ頬骨ノチョウド突キ出タトコロヲ本当ニ一生懸命ニコスッタラ、黒イ色ガ少シハ剝ゲルダロウ。薄イ薄イ皮ニナッテセーム革ニクッツキ、ソノ下ニ金色ノ肌ガ見エルダロウ。ワタシハ、ソレガ黒イ皮膚ノ下デ光ッテイルノガ見エル。ソコニアルコトハ、チャントワカッテルノ……

彼女は、しなやかな杖のようにやせた彼のからだの上の、何という高みにいることか。いまにもすべり落ちてしまいそうな彼の微笑は、何ととらえがたいものか。

モシワタシガ爪ヤスリカ、デナケレバエヴァノ皮ムキナイフ——ソレデモイイ——ヲ手ニ取リ、ソノ金ヲケズルトシタラ、金ハ剥ゲオチテ雪花《せっか》石膏《せっこう》ガ現ワレルダロウ。アンタノ顔ニ平面ヤ曲面ヲ作ッテイルノハ、雪花石膏ナノ。ダカラアンタノ口ニ浮カンデイル微笑ハ、アンタノ目マデ届カナイノヨ。雪花石膏ノセイデアンタノ顔ニハ厳粛ナ表情ガ生マレ、ソノタメ顔中デ笑ウコトガデキナイノネ。

高みにいることとゆれたせいで、彼女は目まいがしてきた。それで、からだを折り曲げて、自分の乳房を軽く彼の胸に合わせた。

ソレカラワタシハ、ノミト小サナタップ・ハンマーヲ取リアゲ、雪花石膏ヲコツコツ叩クコトガデキル。ソウスルトソレハ、ピックノ下デ氷ガ砕ケテイクヨウニ、割レルダロウ。スルト、ソノ割レ目カラ下ノローム層ガ見エルダロウ。肥沃デ、小石ヤ小枝ノナイ、ロームガ。アンタニソノ匂イヲ出サセテイルノハ、ロームナンダカラ。

彼女は、両手を彼の腋の下にすべりこませた。何かにつかまらないでは、自分の皮膚の下に拡がっていく無力感をせき止めることができないような気がしたからだ。

ワタシハ、アンタノ土ノナカニワタシノ手ヲ深クサシ入レ、ソレヲ持チアゲ、ワタシノ指ノフルイニカケ、暖カイ表面ニサワリ、ソノ下ノ湿ッタ冷タサヲ感ジトルダロウ。

彼女は、この世のなかではどんなものも食いとめることはできないと思いながら、頭を彼のあごの下にのせた。

ワタシハアンタノ土ニ水ヲヤリ、ソレヲユタカデ湿ッタモノニシヨウ。デモ、ドノクライノ水ヲ？　ローム層ヲ湿ラセテオクタメニハ、ドレクライノ水ガイルノダロウ？　ソシテ、ワタシノ水ヲ静カニシテオクタメニハ、ドノクライノロームガイルノダロウ？　ソシテ、ソノ二ツガ泥ニナルノハイツノコトダロウ？

彼女の太股が彼の性器を呑みこみ終えたちょうどそのとき、彼は彼女の口を吸った。そして、家のなかは、とても、とても静かになった。

＊

スーラには、占有ということがどういうものかわかりかけてきた。おそらく愛ではなく、占有すること、あるいは、少なくとも占有への欲望が。彼女は、これほど新しく、ふしぎな感情に仰天する思いがした。まず、前の日の朝、彼女は実際に、今日エイジャックスは訪ねてきてくれるかしら、と考えた。それからまたある日の午後、鏡の前に立って、口のまわりの笑い皺を指でなぞりながら、自分が美人かどうか見きわめようとした。それから、髪を緑色のリボンでゆわえて、この念入りな点検を終わりにした。彼女がリボンを髪にすべりこませたとき、その緑色の絹がさざなみのようなささやき声をたてた――まるでハナのくすくす笑いそっくりに聞こえるささやき、何かに興がわいたとき、彼女がよくたてた、やさしい、ゆっくりと鼻にかかったしゅーという声を。二時間もすわって髪にこてで波形ウェーヴをつけてもらったというのに、わずか二日後にはもう、いつ次の予約を取ったらいいだろうかと考える女たちのように、スーラはリボンを結んだあとから、もう別のおめかしに取りかかるのだった。そして、その晩エイジャックスが、朝自分で作った蘆笛《あしぶえ》をおみやげに訪ねてきたとき、緑色のリボンはまだ彼女の髪にかかっていたばかりでなく、浴室はぴかぴか光り、ベッドは整えられ、テーブルには二人分の食器が並べられていた。

彼は蘆笛を彼女に渡し、靴の紐を解き、台所のゆり椅子にすわった。

スーラは彼のほうに歩いてゆき、口にキスをした。彼は女のうなじに指を走らせた。

「きみはきっと、タール・ベイビーがいなくたって、さびしくなんかないだろうな？」と彼は訊いた。

「さびしい？　いいえ。彼どこにいるの？」

エイジャックスは、彼女のかわいい冷淡さにほほえんだ。「留置場さ」

「いつから？」

「先週の土曜日からだよ」

「酔っぱらって捕まったの？」

「それよりもうちょっと度がすぎていたんだよ」と彼は答え、タール・ベイビーのもう一つの不運に彼自身が関わりあいになった話をしてやった。

土曜の午後、タール・ベイビーは酔っぱらって、ニュー・リヴァー・ロードの車道でつまずいた。女性ドライバーが、彼をよけようとして急に方向を変え、別の車に衝突した。警官がやってきたとき、その女性が市長の姪《めい》であることがわかり、彼らはタール・ベイビーを逮捕した。あとになって、その噂が広まったとき、エイジャックスとほかの二人の男が、彼の様子を見ようと警察署に出向いた。最初、彼らはなかに入れてもらえなかった。しかし、エイジャックスとほかの二人が一時間半そこにねばって、一定の間隔をおいて要求をくりかえしたところ、警察の態度が軟化した。とうとう彼らがなかに入る許可をもらって、独房のなかをのぞきこんだとき、タール・ベイビーはひどくぶたれ、ものすごく汚れた下着のほかは何も着ないで、独房の隅にからだをよじった姿勢で横たわっていた。エイジャックスとほかの男たちは、どうしてタール・ベイビーは自分の服を返してもらえないのかと、警官に訊いた。「いっぱしの男をくそまみれで寝ころがしておくなんて、いいことじゃありませんぜ」と彼らは言った。

その警官は、タール・ベイビーは白人だと言い続けてきたエヴァと明らかに同意見らしく、もしその囚人がくそまみれで生きていたくなければ、あの丘の上から降りてきて、ちゃんとした白人らしい生活をしなければいけない、と言った。

もっと多くの言葉、憤激した言葉や不穏な言葉が交わされ、この件は、三人の黒人の男を法廷に召喚することと、次の木曜日に民事法廷へ出頭する約束で、ケリがついた。

エイジャックスは、この事件のなりゆきに悩んでいるようすは見えなかった。何かあるとすれば、不便を感じて怒っているといったふうだった。ほとんどが賭博《とばく》の手入れだったが、彼は何度か警察とのごたごたを経験したことがあり、それを、黒人の人生の宿命だと考えていた。

しかし、髪に緑色のリボンを輝かせたスーラは、外の世界がエイジャックスにおそいかかっているという心配で、胸がいっぱいになった。彼女は立ち上がり、ゆり椅子の腕木に腰を下ろした。そして、ベルベットのような彼の髪に深く指をさし入れて、ささやいた。

「さあ、わたしによりかかって」

エイジャックスはまばたきをした。それから、すばやく彼女の顔をのぞきこんだ。彼女の言葉、彼女の声のなかに、彼がよく知っている響きがあった。はじめて彼は、緑色のリボンを見た。彼はあたりを見まわし、ぴかぴか光っている台所と、二人分の食器が整えられたテーブルを見、巣の匂いをかぎ分けた。そのとたん、からだ中の一本一本の毛が逆立ち、彼女より前に交渉のあった女たちはみんな「どこに行ってたの」という弔いの鐘に似た問いを発したものだが、彼女もすぐ同じ問いを発するようになることがわかった。おだやかながら、一瞬の失望の思いで彼の眼はくもってきた。

彼は立ち上がり、彼女といっしょに階段をのぼって、しみ一つない浴室に入った。鉤爪のついた浴槽の下からも、ごみはきれいに掃き出されている。彼はデイトンで開催される航空ショウの日付を一生懸命に思い出そうとした。寝室に入ってきたとき、彼は新しい白いシーツの上に横たわっているスーラを見た。新しくふりかけられたオー・デ・コロンのいまわしい匂いに包まれて。

彼は彼女を自分の下に引きずりこみ、まもなくディトンに旅立つ男の着実さとはげしさをこめて、彼女と愛を交わした。

ときどき彼女は、彼がかつてここにいたという明らかな証拠はないかと思って、あたりを見まわした。どこにいったのだろう、蝶は？　クロイチゴは？　蘆笛《あしぶえ》は？　彼女は、何も見つけることができなかった。この愕然《がくぜん》とする不在以外、彼は何も残していかなかったのだから。その不在があまりにも光り輝き、華やかだったので、彼女はどうして自分が死にもせず、憔悴《しょうすい》してしまいもせず、彼のすばらしい実在に耐えてきたのか、我ながら理解しがたいほどだった。

ドアのそばの鏡は、ただのドアのそばの鏡ではない。祭壇に等しかった。出ていく前、彼がほんの一瞬立ち止まって、帽子をかぶったところだから。赤いゆり椅子は、彼が台所にすわっていたとき、彼自身の腰でゆれたものだった。それでもなお、彼のもの――彼自身のもの――は何も見つからなかった。まるで幻覚で彼を見たのではないかと思い、実在の証拠をほしがっているようなものだった。彼の不在はいたるところにあり、すべてを針で刺し、家具調度はもとの色にもどし、部屋の四隅には鋭い輪郭を、テーブルの表面にたまったごみは金色に光らせている。彼がそこにいたとき、彼はすべてのものを自分のほうに引き寄せた。彼女の目やあらゆる感覚のみならず、生命のないものまでが彼のために存在しているようにみえ、彼の存在の背景になったかのようだった。いま彼が去ってしまったので、あれほど長い間彼の存在から抑圧されていたこれらのものが、彼の通りすぎたあとでにわかに魅力を帯びてきたのだ。

それからある日のこと、ドレッサーの抽出しのなかを探していたとき、彼女は自分が探していたものを見出した。彼がそこにいたことを証明するもの、彼の運転免許証を。それには、確認のためちょうど彼女が必要としていたものが記載されている――彼に関わる必要不可欠な統計数字が。一九〇一年生まれ。身長五フィート十一インチ。体重百五十二ポンド。目、茶褐色。髪、黒色。肌、黒色。ああ、もちろん、真っ黒い肌だった。とても黒い。あまりにも黒いので、たわしで小止みなく、注意深くこすらなければ、あの色は落ちない。黒い色が落ちれば、その下には金箔《きんぱく》が輝いていて、金箔の下には冷たい雪花石膏があり、冷たい雪花石膏の深い深い奥底にはもっと黒いものがある。ただ今度は、あたたかいローム層の黒い色だ。

だが、これはいったい何だろう？　彼の名がアルバート・ジャックス？　A・ジャックス。彼女は、エイジャックスという名前だと思っていた。長い間ずっと。彼女がプール・ホールのそばを通り、木の椅子に馬乗りに腰かけていた彼から目をそらした、かつての日以来ずっと。彼の両脚の間の、法外なほど整然とした広い空間、何のしるしもなく、またズボンの下にひそんでいる獣のしるしなどはまったく表わしていない、あの開き具合を見まいと目をそらしたあの日以来。そして、傲慢《ごうまん》な鼻孔と、たえずすべり落ち、消えかけている微笑、いまにも消え失せ、消え失せてしまいそうなので、彼女は手を伸ばして、それが歩道に落ち、彼の足もとの、それからプール・ホールの外側に立ったりすわったりしているほかの男たちの足もとの、煙草の吸いがらや、びんのふたや、痰などに汚されてしまわないうちに、捕まえてやりたいと思った微笑から目をそらしたあの日以来。あの男たちは、彼女やネルや、それから大人の女たちにも、呼びかけ、詩のような文句をどなっていたっけ。「いいたま」とか、「茶色のお砂糖ちゃん」とか、「お色気ねえちゃん」とか、「おお神さま、このようなお怒りを受けるようないったい何をわたしがしたと言うのでしょうか」とか、「連れていってください、イエスさま、わたしは約束の地を見たのです」とか、「きみよ忘れたもうな」とかいう文句を、望みのない情熱によって和《やわ》らげられ、やさしくなった声で言っていたっけ。あの頃ですら、エイジャックスだと思いこんでいたのだ。あの頃、彼女とネルは彼の夢は見まい、彼のことは考えまいと、一生懸命努力したものだったし、自分たちの下着の下の柔らかいからだに触れてみたり、家を出るやいなや、お下げをほどき、耳のまわりに髪をたらして波うたせたり、細長い木綿の布を胸にぐるぐる巻きつけたりしたものだった。そうすれば、ブラウスの胸から乳首が突き出して、彼にあのすべり落ちそうな、消えていきそうな微笑を浮かべさせる理由もなくなるからだった。彼があの微笑を浮かべると、彼女たちの肌は血がのぼって熱くなった。それからずっとあとになっても、やっぱりエイジャックスだと思いこんでいた。あのとき、生まれてはじめて男とベッドに横たわり、われにもなく彼の名を呼んだが――あるいは、本当に彼のことを考えてその名を口にしたのだっただろうか――彼女が言ったり叫んだりした名前は、全然彼の名ではなかったのだ。

スーラは、指にすりきれた細長い紙きれをはさんで立ち、誰に言うともなく声に出してつぶやいた。「わたしは彼の名前さえ知らなかった。そして、もしわたしが彼の名を知らなかったとしたら、わたしにわかってることは何もないし、今までずっと何もわかっていなかったんだわ。なぜって、わたしが望んだたった一つのことは、彼の名前を知ることだったのに。だから、捨てたって当然。なぜって、彼は自分の名前さえ知らない女と愛を交わしていたのだから。

わたしが小さな女の子だった頃、紙人形の頭が取れたわ。わたしが首を曲げても、自分の首は落ちないってことを発見したのは、そのあと大分たってからだった。わたしはよく頭を動かさないようにしてしゃちほこばって歩いたものだった。強い風が吹いたり、強く一押ししたら、首がぷつんとちょん切れてしまうと思ったからよ。ネルが本当のことを教えてくれた。でも、彼女は間違ってた。彼に会ったとき、わたしは、うんとしっかり頭を支えてなかったの。だからいま、わたしは、人形と同じように頭をなくしてしまったんだわ。

彼が行ってしまって、かえってよかったのかもしれない。わたしはまもなく、金箔についての考え方が正しいかどうか知るために、彼の顔から肉を引き剝いだだろうから。そして、誰もそんな好奇心なんてわかりはしないだろう。みんなはきっと、わたしが彼を傷つけたかったのだって思うだろう。ちょうど石段から落ちて、脚を折った男の子のときのように。わたしはその子のほうを見ただけなのに、みんなはわたしがあの子を押した、と考えるんだから」

運転免許証を握ったまま、彼女はベッドのなかに這いこみ、コバルトブルーの夢でいっぱいの眠りに落ちた。

目がさめたとき、頭のなかには、あの歌だとはっきり言うこともできず、前に聞いたことがあったかどうか思い出すこともできないメロディが流れていた。「たぶん、わたしが作ったんだわ」と彼女は考えた。そのとき、歌の題名と、彼女が以前何度も何度も聞いたままの歌詞全部が心に浮かんできた。彼女は、ベッドの端に腰かけて、考えた。「もうこれ以上新しい歌はないんだし、わたしはありったけの歌を歌ってしまった。もう、全部の歌を歌った。ありったけの歌を歌ってしまった」彼女はもう一度ベッドに横たわり、ワタシハ歌ッタ、スベテノ歌ヲ、スベテノ歌ヲワタシハ歌ッタ、アリッタケノ歌ヲという歌詞から成る、短く、とりとめのない歌を歌った。とうとう終わりには、自分の子守歌が効を奏して、眠くなり、眠りに近いうつろな状態のなかで、雪花石膏の冷たさを残している金の苦さを味わい、ローム層の濃く甘い匂いをかいだ。

「あんたが病気だってことを聞いたの。わたしにできることある？」

彼女は、言葉だけでなく、調子や声の高低も練習した。それは冷静で実際的だが、強い同情がこもっていなければならない——ただし病人にたいするものではなく、病気にたいする同情が。

頭のなかで聞いた自分の声の響きには、好奇心も誇りも表われてはおらず、ただ病人を見舞いにきたふつうの善良な女の声の調子だけがあった。たまたまその病人のところへは、ほかに誰一人見舞いにくる人はいなかったのだ。

三年たってはじめて彼女は、仇敵《きゅうてき》の目の上に垂れ下がった茎つきのバラの花を見るはずだった。おまけに、ジュードの家出の味を口のなかで噛みしめながら、まだ排《は》け口が見つからないまま、いまだに胃のなかで荒れ狂っている怒りと恥辱を抱いて、それを見ることになる。彼女はまた、ジュードがキスをした黒いバラの花に向かいあい、あの女の鼻孔を眺めるのだ。あの女は、子供たちにたいする彼女の愛を、表に出すのがこわいほど、ものすごく濃厚で途方もないものにねじ曲げた。彼女はその愛を表に出せば、それが自由になって、重く大きな前肢で彼女と子供たちの息の根を止めてしまいそうな気がした。厄介なクマみたいな愛で、どんな自由でも手に入れさえすれば、たちまち蜜がほしいほしいと泣きわめいて、彼女と子供たちの息を吸いとってしまいそうだった。

ジュードの家出はあまりにも完璧だったので、家庭の責任はすべて、ネルの肩にかかってきた。ジュードがいなくなって、もはや茶色の封筒に入った五十ドルの給料は当てにできなくなったので、両親の生活費だったささやかな船員年金を少しずつ食いつぶしていくよりはと思い、彼女は掃除係になった。ところが、ちょうど前年から、ジュードが働いていたのと同じホテルに、メイドとしてのもっとよい仕事が見つかった。チップはまあまあというところだが、勤務時間が好都合だった——彼女は、子供たちが学校から帰ってくるときに、家にいることができた。

三十歳になって、ネルの熱っぽい茶褐色の眼はめのう色に変わり、肌は、緑がたけなわのときに刈り倒され、割《さ》かれ、砂でみがかれたカエデのつやを帯びている。わびしく引き歪《ゆが》められたものではあったが、徳だけが唯一の拠《よ》りどころだった。その徳のおかげで、彼女はカーペンターズ・ロード七番地の青いガラスが入ったドアの前までやって来て、過ぎ去った昔の日々のように網戸をひっかきたいという衝動をかろうじて抑えることができた。また、その徳が、この慈善の本当の動機を彼女から隠していたし、最後に、自分の声に響かせたいと思った調子を与えることにもなった。あの嬉しそうな響きも、「それ見ろ」という舌打ちの気配もなく——、ボトムの丘では、スーラの病気の噂は、こうした嬉しそうな響きと舌打ちで迎えられていた——少なくとも、報復の響きはまったく感じられない口調を。

いまネルは、エヴァの昔の寝室に立って、あの黒いバラの花を見下ろし、掛けぶとんの上を前後にすべっているナイフのように細い両腕と、かつてエヴァが飛び降り、今は板が打ちつけてある窓を意識していた。

スーラは目をあげ、一秒の間もおかず、あいさつ抜きのネルの例にならって、話しはじめた。

「実はあるの。処方箋があるんだけど、いつもはネイサンが取りにいってくれるのよ、でも彼は……学校は三時まで終わらないし。あんた、薬局まで取りに行ってくれる？」

「それどこにあるの？」ネルは、具体的な使いができることが嬉しかった。話をするのは、むずかしそうだったから（スーラはいつもかならず、前に中断していたところから、話を始めるのだ）。

「わたしのバッグを見て。違う。あっちのほうよ」

ネルはドレッサーのところまで歩いてゆき、ビーズの留金《とめがね》がついたバッグを開けた。すると、腕時計と、下のほうに折りたたんだ処方箋だけが目に入った。財布もなければ、小銭入れもない。彼女はスーラのほうを向いた。「どこにあんたの……」

しかしスーラは板を打ちつけた窓を眺めていた。彼女の目のなかの、ちょうどそこの隅にあるものが、ネルを押しとどめて、質問を終わりまで言わせなかった。それと、鼻孔のかすかな拡がり――いがみ声の影――が。ネルは、その紙切れと自分のバッグを手にとって、言った、「オーケー。すぐ帰ってくるわ」

ドアが閉まるとすぐ、スーラは口で息をした。ネルが部屋にいた間に、痛みが増していた。いま、この新しい痛みどめ、最後までとっておいたこの痛みどめがまもなく手に入るので、みじめさは何とかがまんできそうだった。彼女は、心の一部でネルのことを考えた。何年間もネルと会わず話もしないできたというのに、あんなふうにすぐ薬局まで使いに出すのはおかしかった。薬局は、何年も前、二人が子供だった頃、かつてエドナ・フィンチのメロウ・ハウスがあったところにある。二人が、手に手をとり、十八セントのアイスクリーム・サンデーを買いに、タイム・アンド・ア・ハーフ・プール・ホールのそばを通って、通《かよ》ったところ。あそこでは、手足を伸ばしてすわっていた男たちが、「いいたまい」って言ったっけ。そして二人は、涼しい部屋のなかの、大理石を天板に使ったテーブルにすわり、生まれてはじめてアイスクリーム・サンデーを食べた。いま、ネルはたったひとりであそこに帰ってゆこうとしており、スーラは、痛みが本当にひどくなるまでは飲むなと医者が言った薬を待っている。彼女は、「本当にひどい」のは今だと思った。本当のことはけっしてわからないだろうが。彼女は一瞬、ネリーは何を求めてるんだろう、どうして来たんだろう、と考えた。ほくそ笑みたかったのか？　仲直りしたいのか？　こうしたひと繫がりの考えを追っていくには集中力が必要で、それはいまの彼女の手にあまった。痛みは貪欲だった。痛みは、彼女のありったけの注意を要求した。しかし、この新しい薬、とっておきの薬が、旧友によって運ばれてくるとは嬉しい。ネルはいつも、危険に直面すると底力を発揮したことを、スーラは思い出した。水の表面が閉じてしまった場所、ハナの葬式。ネルは最高だった。あの遠い昔、スーラが彼女のまねをしたり、まねようと努力したりしたとき、それはいつも冷静さではなく、たいていは奇抜《きばつ》さのために人目を惹く行為になった。いちどはネルを守ろうとして、自分の指の先を切り落として、ネルの感謝ではなく嫌悪を買った。それ以来、彼女は感情が命ずるままに行動してきたのだった。

彼女は、ネルがドアを開け、ベッドのそばのテーブルの上に薬をおくずっと前から、その足音を聞くことができた。

スーラがその水薬をねばねばするスプーンに注いでいると、ネルが病室用の会話を始めた。

「あんた、具合よさそうね、スーラ」

「うそついてるわ、ネリー。わたし、悪そうに見えるはずよ」彼女は薬をのみ下した。

「違うわ。長いことあんたに会わなかったけど、あんたは……」

「会ってくれる必要なんかないのよ、ネリー。ちゃんとよくなるからね」

「あんたの病気、何なの？　教えてもらった？」

スーラは、くちびるの端をなめた。「あんた、そんな話、したいの？」

ネルは、すっかり忘れていた相手の無遠慮な口調に、かすかに、ほほえんだ。「いいえ。話したくなんかないわ。でもあんた、ほんとにひとりぼっちでここに寝てなくちゃいけないの？」

「ネイサンが寄ってくれるし。デューイたちもときどき来るし、タール・ベイビーも……」

「それは助けにならないわ、スーラ。あんた、誰か大人の人といっしょにいなくちゃ。誰か……」

「わたし、ここにいる方がいいの、ネリー」

「わたしといっしょのときは、虚勢をはることないのよ」

「虚勢をはる？」痰を突き破って、スーラの笑い声が響いた。「あんた、何の話してるの？　わたし、自分の汚れが好きなのよ、ネリー。わたし、虚勢なんかはってないわ。あんたきっと、わたしを忘れたのね」

「たぶんそうかもしれないし、そうでないかもしれない。でも、あんたは女だし、ひとりぼっちでしょ」

「じゃあ、あんたは？　あんただってひとりぼっちじゃないの？」

「わたしは病気じゃないわ。働いてるもの」

「ええ、もちろん、そうでしょうとも。仕事があんたにいいのね、ネリー。仕事なんかわたしには何の役にも立ちゃしないわ」

「あんた一度も仕事をしなきゃならない立場にはなかったもの」

「一度もする気にならなかったのよ」

「それには言いたいことがあるわ、スーラ。とくに、もしあんたが、ほかの人に自分の世話をしてもらいたくなければね」

「誰にもよ、ネリー。誰にもしてもらいたくない」

「あんたは何もかも手に入れるわけにはいかないのよ、スーラ」ネルは、スーラの傲慢、死の戸口に寝ていながら、いまだにお利口な口をきいていることに、だんだん腹が立ってきた。

「どうして？　わたし、どんなことでもできるのよ、どうして何もかも手に入れるわけにはいかないの？」

「どんなことでもできはしないわよ。あんたは女だし、おまけに黒人の女じゃない？　あんたは、男のようにふるまうことはできないのよ。まったく独り立ちした人間みたいに歩きまわったり、したいことは何でもやったり、ほしいものは取り、気に入らないものは棄てるなんて、あんたにはできっこないわ」

「あんたの言うこと、みんな繰り返しよ」

「何が繰り返しなの？」

「あんた、わたしが女で黒人だって言ったじゃない？　それ、男だって同じでしょ？」

「わたしはそうは思わないし、もしあんたに子供があったら、あんただってそんなこと思わないわよ」

「じゃあ、わたし、ほんとにあんたが男って言う人間のようにふるまうわ。わたしが知ってる男はみんな、子供を捨てたもの」

「どうしようもない理由で出て行った男もあるわ」

「ちがうわ、ネリー。〝捨てた〟が正しい言葉よ」

「あんたまだ、いろんなことを全部知るつもりなの？」

「全部はわからない。わたしはただ、いろんなことをしてるだけ」

「とにかく、あんた、わたしがしてることはしてないわね」

「あんた、わたしがただそんな生活してないからっていって、あんたの生活がどういうものか知らないとでも思ってるの？　わたし、この国の一人一人の黒人の女が何をしてるか、ちゃあんとわかってるのよ」

「何をしてるのよ？」

「死にかけてるわ。ちょうどわたしみたいにね。でも、あの人たちは切株のように死にかけてるってことだけが、わたしと違ってるわ。わたしは、あのアメリカ杉の一本のように倒れるのよ。わたし、ちゃんとこの世に生きてきたんですからね」

「ほんとに？　その証拠に何を見せることができて？」

「見せる？　誰に？　ねえ、あんた。わたしには心があるのよ。そして、そのなかで起こったことが。つまり、わたしは自分を持ってるってことよ」

「さびしい、ってことじゃない？」

「その通りよ。でも、わたしのさびしさはわたしのものよ。ところが、あんたのさびしさは誰かほかの人のもの。誰かほかの人によって作られて、あんたに手渡しされたものでしょ。それ、何かのものじゃない？　二番せんじのさびしさよ」

ネルは、小さな木の椅子にもう一度腰を下ろした。怒りは消えていたが、スーラはたぶんいいところを見せようとしているだけなのだ、ということを彼女は悟った。スーラが本当にどういう状態にあるのかは見分けようがなかったが、真実以外はどんなことを言おうと意味がない。

「あんたがどういうふうに男を捕まえるかってことは、いつもわかってたんだけど。いま、あんたがどうして誰一人留めておくことができないのか、そのわけがわかったわ」

「そんなこと、わたしがしなきゃいけないの？　男を引き留めておくために一生を費《つい》やすなんてことを？」

「男の人たちはね、引き留めておく価値があるのよ、スーラ」

「わたし以上の価値なんてないわ。おまけに、その価値があるからといって、男を愛したことなんて一度もなかったわ。価値なんて、それとは何の関係もないことよ」

「じゃあ、何が関係あるの？」

「わたしの心よ。それだけのこと」

「じゃあ、そういうことかもしれないと思うわ。あんたが世界を所有してて、わたしたち残りの人間は、それを賃借りしてるのね。あんたが小馬を乗りまわし、わたしたちは、シャベルで馬糞すくいをするって言うのね。わたし、こんな話をするためにここに来たんじゃないのよ、スーラ……」

「あら、違うの？」

「違うわよ。わたし、あんたの様子を見に来たの。でも、あんたが言いだしたんだから、わたしがおしまいにしてもいいわね」ネルの指が、ベッドの真鍮《しんちゅう》の縁をしっかり握った。いまこそ、彼女に訊いてみよう。「どうしてあんなことをしたの、スーラ？」

沈黙が降りた。だが、ネルはその沈黙をみたす義務は感じなかった。

スーラは、シーツの下でかすかに身動きした。彼女は歯を吸いながら、うんざりしたような表情をした。「そうね、わたしの頭のなかには、わたしの前にも後にも、これだけの空間があいてたの。ちょっとした空間よ。そしてジュードがそれを満たしてくれたの。それだけ。彼がちょうど、その空間を満たしてくれただけなの」真鍮の感触がネルの口のなかに拡がった。「あんた、彼を愛してさえいなかったというつもり？」「あれは、彼への愛でさえなかったのね？」

スーラはもう一度、板を打ちつけた窓のほうを向いた。その眼は、いまにも眠りに落ちようとしているかのように二、三度またたいた。

「でも……」ネルは、ぐっと胃を押さえた。「でも、わたしはどうなるの？　わたしはどうなるのよ？　どうしてあんたは、わたしのことを考えてくれなかったの？　わたしは大事じゃないの？　わたし、一度もあんたを傷つけたことはなかったのに。もし彼を愛してなかったのなら、何のために彼を取ったの、どうしてわたしのこと考えてくれなかったの？」それから、「わたし、あんたに尽くしてあげたじゃない？　スーラ。どうしてそれが何でもないことなの？」

スーラは、板を打ちつけた窓から顔をそむけた。彼女の声は静かで、目の上の茎のついたバラはとても黒い。「何でもなくはないわ、ネル。でも、それはあんたにとってだけなの。ほかの人にとっては大事じゃないのよ。誰かによくしてあげるってことは、誰かに意地悪することと同じなの。賭《か》けだもの。そのために得るものは何もないのよ」

ネルは真鍮の縁から手を離した。ネルは、自分にいらだっていた。ついに、勇気をふるい起こして疑問を、正当な疑問を口にしたというのに、もうどうでもよくなっていた。スーラは、まともな答えをすることはできなかった。自分にもわかってはいなかったのだから。実際、スーラはけっしてわかろうとする気を起こさない人だった。正邪について彼女と話をしていると、デューイ兄弟と話しているような気がしてくる。ネルは、スーラの寝台かけの縁飾りをつまんで、やさしく言った。「わたしたち、友だちだったわね」

「ええ、もちろん、とっても仲のいい友だち」とスーラは言った。

「それなのに、あんたは彼を放っといてくれるほどは、わたしを愛してくれなかったのね。彼にわたしを愛させておくほどには。あんたは、彼を奪わなくちゃいけなかった」

「彼を奪うってどういう意味？ わたし、彼を殺したんじゃないよ、ただ彼と寝ただけよ。もしわたししたちがとても仲のよい友だちだったのなら、どうしてあんた、そんなこと乗り越えてしまえないの？」

「あんた、自分のものと言えるほどの友だちも十セント銀貨ももたないで、そこのベッドに横になってて、この町であれほどのわるさをしておきながら、それでも人があんたを愛すると思ってるの？」

スーラはひじをついて上半身を起こした。顔は、高熱のために汗で光っている。彼女は何か言おうとするかのように口を開けたが、それから枕の上に倒れて、ため息をついた。

「ああ、みんなちゃんとわたしを愛してくれるわよ。時間はかかるけど、わたしを愛するようになるわ」彼女の声の響きは、眼の表情と同じほど、やさしく、遠かった。「すべての老女が十代の少年と寝たあとで、すべての若い女の子が年取った酔っぱらいのおじさんといっしょに眠ったあとで、すべての黒人の男がすべての白人の男と性交したあとで、すべての白人の女がすべての黒人の女にキスしたあとで、看守がすべての囚人を強姦したあとで、すべての娼婦が自分たちのおばあちゃんと愛を交わしたあとで、すべての同性愛の男が母親の晴れ着を着たあとで、リンドバーグがベッシー・スミス（ブルースの皇后と呼ばれた黒人歌手）と寝たあとで、ノーマ・シアラ（ハリウッドの女優）がステピン・フェチト（黒人の俳優喜劇役者）と愛を交わしたあとで、すべての犬がすべての猫と交わり、すべての納屋《なや》の上のすべての風見鶏《かざみどり》が屋根から飛び降りて豚の上に乗ったあとで……そのときには、わたしのためにほんのちょっぴり愛が残されるはずよ。そして、それがどんな気持ちがするものかってことは、ちゃんとわかってるの」

それから彼女は眼を閉じ、川の土手を、葉をからみ合わせている四本の木のところまで駆けあがったとき、両脚の間に服をまといつかせた風のこと、地中に穴を掘ったことを考えた。

当惑し、いらいらし、ほんの少し恥ずかしくなって、ネルはいとまごいをするために立ち上がった。「さよなら、スーラ。もう一度来るとは思わないけど」

彼女は、ドアを開けたとき、スーラの低いささやき声を聞いた。「ねえ、あんた」ネルは立ち止まり、頭をまわしたが、彼女の姿が見えるほどはまわさなかった。

「どうしてわかる？」とスーラが訊いた。

「わかるって何が？」ネルはまだ、彼女のほうを見ようとはしない。

「尽くしたのは誰かってことよ。それがあんたのほうだって、どうしてわかる？」

「それ、どういうこと？」

「ひょっとしたら、それはあんたのほうじゃないかもしれない、ってことよ。ひょっとしたら、わたしのほうかもしれない」

ネルは戸口から二歩踏み出し、背後のドアを閉めた。彼女は廊下を歩いてゆき、四つの階段を降りた。その家は、彼女のまわりで、明るく、それから暗く、波のようにうねり、音を立てないさまざまな人物の姿でいっぱいになった。デューイ兄弟、タール・ベイビー、幾組かの新婚夫婦、バックランド・リードさん、パッツィ、ヴァレンタイン、それからあの美しいハナ・ピース。あの人たちはどこに行ったのだろう？エヴァは老人ホームに行ってしまったし、デューイ兄弟はどんなところだろうとおかまいなしで暮らしてるし、タール・ベイビーはワイン漬けになってるし、スーラはドレッサーの上にからっぽの財布をおき、窓に板が打ちつけてある階上の、エヴァのベッドに寝ている。

ネルがドアを閉めたとき、スーラはもっと薬を飲もうと手を伸ばした。それから枕を裏返し、冷たい側に頬を当てて、旧友のことを考えた。「それで彼女は、あの道を歩いていくわ。あの古い緑色の外套を着た背中をまっすぐに伸ばし、始めから終わりまでハンドバッグの紐をひじに押しつけ、わたしがどのくらい彼女に苦痛を与えたかを考え、わたしたちが二つののどと一つの目をもった少女で、代償など何も求めなかった時代のことは、一度も思い出さないんだわ」

いろいろなものの姿が、タンポポの綿毛ほど軽やかに彼女の頭のなかを出たり入ったりした。タール・ベイビーが飲んでいたシャーマン・メルロウ・ワインのEの字を呑んでいた青いワシ、石炭屑の小片かまつ毛を除こうと目を針で突ついたので、ピンク色になったハナの下まぶた。彼女は、あのすべての汽車やバスの窓から外を眺めたこと、あのすべての人々の足や背中を眺めたことを思い出した。変わったものは何もない。何もかもみんな同じままだ。すべての言葉、すべての微笑、あらゆる涙、あらゆるペテンも、ちょっとした気晴らしにすぎなかった。

「あれは、わたしが十二のときに見たのと同じ太陽、同じナシの木だわ。もしわたしが百年生きても、わたしのおしっこは同じように流れるだろうし、わたしの腋の下も息も同じ臭いがするだろう。髪の毛だって、同じ毛穴から生えてくる。わたしにはどんなつもりもなかったのに。一度だってそんなこと思いもしなかった。わたしはあそこに立って、彼女が燃えているのを見て、ぞくぞくしただけ。わたし、彼女があんなふうに跳びあがり、踊り続けてくれたらと思っただけよ」

それから彼女は、もう一度夢を見た。〈ザ・クラバー・ガール・ベイキング・パウダー〉の女の人が、片手をエプロンの下に入れたまま、彼女に向かってほほえみ、おいでおいでをしていた。スーラがそばまで来ると、彼女は解《と》けて白いほこりになってしまい、それをスーラは急いで、青いフランネルの部屋着のポケットに押しこもうとした。女が解《と》けるさまを見るのは恐ろしかったが、それより悪いのは粉の感触だった——彼女がそれを一つかみずつ集めようとするときの、糊のようなつるつるした感じが。たくさんすくいあげればあげるほど、それは波のようにうねって捕らえようがなくなった。とうとうそれは彼女をおおいつくし、目や鼻やのどにもいっぱいつまって、彼女は粉塵の臭いに圧倒され、さるぐつわをかまされたような気分になって目がさめた。

痛みが取りついた。最初は、胃のなかのハトの羽ばたきのようなものだったが、やがて焼けるような痛みになり、それから細い針金のような痛みが、からだのほかの部分にも拡がった。液状の痛みの針金がひとたび場所を占めると、それはゼリー状に固まり、脈打ちはじめた。彼女は動悸に精神を集中し、その感じを波とか、ハンマー打ちとか、剃刀の刃とか、小さな爆発とかいうふうに考えた。まもなく、痛みのいろいろな形を感じとることにも飽きて、何もすることがなくなった。その痛みにとても大きな疲れが加わったので、こぶしを握ることもできなければ、舌の奥の油のような味と戦うこともできなくなった。

彼女は何度か、大声で叫ぼうとした。しかし、疲労のため、かろうじてくちびるを開けることができただけで、金切り声をあげるのに必要な深呼吸など、とうていできなかった。それでそこに横たわったまま、どのくらいたったら、腕をあげて、あごの下からこの粗末なふとんを押しのけられるだけの力をかき集めることができるか、いま枕の冷たい側に頬を向けたほうがいいか、または、顔が汗ですっかり濡れ、顔を動かせばさわやかな気分が味わえるくらいになるまで待ったほうがいいか、と考えていた。しかし彼女は、別の理由から顔を動かすのがいやだった。もし頭の向きを変えれば、板が打ちつけてあるエヴァが飛び降りた窓を見ることができなくなるからだ。そして、斜めに鉄の棒が渡してある四枚の木の板を見つめることが、唯一の心の平和を与えてくれるからだった。その封印された窓が、強固な終末の感じ、あらがいようのない決着の感じで、彼女を慰めてくれた。あたかも生まれてはじめて完全に孤独になり——いつもそうなりたいと願ってきた——心が乱れる恐れから解放されたかのようだった。ここ、ニレの木のはるか上の、この封印された窓にかこわれたここでのみ、彼女は両脚を胸まで引きよせ、両目を閉じ、親指を口に入れ、ただ薄暗い壁がないのをさびしく思いながら、トンネルのなかをふわふわ漂い降りていくことができるのだ。下へ、下へ、そしてついに雨の匂いにめぐりあい、水が近いことを知るだろう。そして、肌に吸いつくような水のやさしさのなかにすべりこみ、水が彼女を包み、支え、疲れた肉を洗ってくれるだろう、ずうーっと。ずうーっと。誰がそう言ったんだろう？　彼女は、一生懸命思い出そうとした。ずうーっと続く水の眠りを約束してくれたのは、誰だったのか？　思い出そうとする努力は力にあまった。その努力が、胸の結び目をほどき、それが彼女の思いをふたたび痛みのほうに向けた。

この疲れきった死の予感の状況のなかで、彼女は自分が息をしていないこと、心臓が完全に止まったことに気がついた。一抹《いちまつ》の恐怖が胸をかすめる。今にもきっと頭のなかにすさまじい爆発が起こるか、息を求めるあえぎが始まるような気がしたからだ。それから、もう痛みがあるはずがないことを悟った。あるいはむしろ、感じとったと言ったほうがいいかもしれない。息をしていないのは、その必要がないからだった。からだには、もう酸素の必要はなかった。彼女は死んでいた。

スーラは、自分の顔がほほえむのを感じた。「さて、わたしは地獄に落ちるだろうよ」と彼女は考えた。「痛くさえなかったわ。そのうちネルに話してあげよう」

1941

スーラ・ピースの死は、トンネル工事の約束以来、ボトムの人々が受けとった最上のニュースだった。魔女の埋葬を目撃することを恐れず墓地までやってきた数人のうちには、ただ彼女が葬られるのを確かめるためだけに来た人も何人かいたが、礼儀として、〈川のほとりにつどわん〉を歌うためにそこにとどまった。しかし、その歌のもの悲しい約束のことはまったく意識しなかった。ほかの人々は、何の支障もなくすべてうまくいったこと、浅薄《せんぱく》な心をもった人々や、心の狭い人々が、自分たちの卑しい心をさらけ出さなかったこと、また、この出来事全体が、自分たちの永久に変わらぬ心のやさしさに貫かれていることを、見にやって来た。彼らは、どんなものにも、ぜったい――失敗した作物も、無教育な南部の田舎者も、失職も、病気の子供たちも、腐ったじゃがいもも、折れたパイプも、虫のわいたメリケン粉も、三級品の石炭も、教養のある社会奉仕活動家も、盗癖のある保険屋も、にんにく臭い外国生まれの素人労働者も、腐りきったカトリック信者も、人種差別主義者のプロテスタントも、臆病なユダヤ人も、奴隷を所有しているモスレム教徒も、未熟なニガー牧師も、気むずかしい中国人も、コレラも、水腫や黒死病も、風変わりな女は言わずもがな――自分たちを神から引き離させはしないという単純な決意によって、この心のやさしさを自分のものにしたのだった。

いずれにしても、葬式にやってきた――ビーチナット墓地の、白人用の葬儀場ではなく、黒人専用の弔い場に――人々は、未熟な心の人々も、やさしい心の人々とともに、スーラが死んだためか、あるいは、彼女が死んだすぐあとで、以前より明るい日が明け初《そ》めたと感じた。そのしるしがあった。川の両岸をつなぐトンネル工事が黒人労働者を使うという噂は、はっきりした発表になった。何年もかかって計画され、放棄され、ふたたび計画されたこの構想は、一九三七年ついに着手された。この三年間、黒人がその仕事にあたるという噂が流れ、トンネルに通じるリヴァー・ロードが一九二七年に同じような希望を抱かせたが、おしまいには全部が白人労働者――最下等の仕事でさえ引き受ける南部の山男や移民たち――によって建設されたという事実があるにもかかわらず、期待の気分が大いに高まっていた。しかし、トンネル自体は別の問題だった。技術的な仕事――いや、そんな仕事はくれないだろう。しかし、それは大きな仕事だったし、また黒人労働者に雇用の道を開くことにたいして、政府は好意的であるように思われた。その意味は、黒人は食べていくためにメダリオンを駆けずりまわる必要はなく、またこの町を引き払って、アクロンやエリー湖畔の鋼鉄工場に働きにいく必要がなくなるということだった。

第二のしるしは、老人ホームの建築が始まったことだった。なるほど、それは建築というよりは改築だったが、黒人は無料でそこに入ることができた。または、そういう噂だった。エヴァが、黒人女性の老人ホームとして通っていたがたがたの家から、明るく新しい老人ホームに移されたこと自体、推しはかることのできない神の御心のはっきりした表われだ、神の力強い親指の影がスーラののどもとに見えていたからと言う者もあった。そういうわけで、強い期待の想いを抱いて、ボトムに住む人々は十月が去っていくのを眺めた。

それから、メダリオンが銀に変わった。それは突然の変貌のように見えたが、実は、何日も何日も雪の降らない日がつづき――霜だけが降りた――ある午後遅く、雨が降って、凍ったのだ。カーペンターズ・ロードをはるか下ったところ、コンクリートの歩道が始まるところで、子供たちはすべり場へ急いだ。商店の主人や年取った女たちが、新しく鋳造された銀の上に、古代の縞めのうのようにストーヴの灰をまいてしまわないうちにすべろうと思ったからだ。彼らは、このガラスの中に静かに閉じこめられたすべての生命と大きさを少しの時間でも抱えてみたいと、それだけのために木々をしっかり抱きしめ、使い古されたダブロン金貨さながら灰色の空に貼りついた太陽を見つめて、その間中ずっと、この世は終わりかけているのだろうかと考えた。草は何日間も溶けない氷に驚いて、別々に分かれたまま葉を揃《そろ》えて立っていた。

もちろん、取り入れの遅い作物はだめになり、家禽《かきん》は寒さと渇きの両方で死んでいった。リンゴ酒が氷になって水差しを割ってしまったので、男たちは早々とサトウキビ酒を飲まなければならなくなった。谷間の町はずっと楽だった。いつものように、丘が谷を守っていたからだ。しかし上のボトムでは、壁の薄い家に住み、もっと薄い服を着ていた黒人たちは、ひどい苦しみにおそわれた。氷のように冷たい風が窓ガラスや建てつけの悪いドアの隙間《すきま》から吹きこんで、ほんのわずかしかない熱を奪っていった。続けて何日もの間、彼らは事実上、家に縛りつけられ、あえて外に出るのはただ、大きな石炭箱のところへ行くか、あるいは、主要食料の物々交換をするためにちょっと隣家を訪ねるときだけだった。店にはけっして行かなかった。とにかく配達はまったく行なわれず、行なわれるとしても、もっと払いのいい白人の顧客のために品物を取りのけたあとだった。女たちはつるつるに凍った斜面を下りていくことができなかったので、のどから手が出るほどほしい給料を何日分も失った。

こうした氷結状態の結果は、ちっぽけな筋ばって固い鳥、胃にもたれる豚肉ケーキ、それから芯のあるサツマイモなどで迎えたみじめな感謝祭となった。氷が溶けはじめ、川の氷の上澄みを縫って、震えながら走る最初のはしけが見られる頃には、十五歳以下の子供は全員クルップか猩紅熱にかかっており、十五歳以上の者は、しもやけや、リュウマチや、肋膜炎や耳痛や、その他いろいろな病気にかかっていた。

それでもなお、災難の始まりをしるしづけたもの、シャドラックがしきりに説いていた予言をおのずから実現することになったのは、こうした病気でもなく、氷ですらない。銀への変貌が始まるとすぐ、リンゴ酒が水差しを割ってしまうよりずっと早く、何かが狂っていた。裏切りや混乱が現われた。スーラが死んでみんながほっとする間もなく、すぐさま、そわそわした怒りっぽい気分があたりを支配するようになった。たとえば、ティーポットが台所に入って、母親に砂糖入りのバターつきパンをくれと言った。彼女はそれを作ろうと立ち上がったが、バターが切れていて、オレオマーガリンしかないことがわかった。あんまり疲れていたので、サフラン色の粉を固いケーキ状のオレオに混ぜ合わせるのをやめて、彼女はただ白いマーガリンをパンの上に塗りつけ、その上に砂糖を振りかけた。ティーポットは味の違いがわかって、食べないと言った。子供が母親の作った食物を拒否するという、母親が感じ得るかぎりのもっとも痛烈な侮辱を受けて、彼女は激怒し、スーラが彼を突いて石段をころげ落ちさせて以来、そんなことはしたこともなかったのに、彼をひっぱたいた。そんなことをしたのは彼女だけではない。自分たちの子供をスーラの悪意から守ってきた(または、母親としての自分たちの地位を、そうした役割にたいするスーラの軽蔑から守ってきたと言ったほうがよいかもしれない)ほかの母親たちには、いま、団結して当たらねばならない敵は何もなかった。緊張は消えていたし、彼女たちがしてきたような努力をする理由もなくなっていた。スーラの嘲笑《ちょうしょう》がなくなったので、ほかの人間にたいする愛情はたるんで、ささくれだった。年老いた義理の母の面倒を見るという責任を負わされてひどく苦情を言っていた娘たちが、スーラがエヴァを締め出したとき、がらりと態度をあらため、泣き言ひとつ言わずに老女の痰壺を洗いはじめたものだ。いまスーラが死んでいなくなったので、彼女たちはふたたび、老人の世話をしなければならない重荷を根深くうらむようになった。妻は、夫を甘やかさなくなった。彼らの虚栄心を強める必要はもうなくなったように見えたからだ。そして、カナダからメダリオンに移ってきた黒人、あらゆる機会をつかまえては、自分たちは一度も奴隷になったことがないと言い続けてきた黒人たちでさえ、南部生まれの黒人にたいする同情の念がゆるむのを感じた。このような反作用として起こる同情は、スーラが彼らの心にかきたてたものだったから。彼らは、自分たちはすぐれているという昔の主張をふたたび繰り返すようになった。

冬が来ていつもながら乏しい生活をしているところへ飢えと猩紅熱がおそったため、いっそう気がめいった。これは同席者の口から確認されたことだが、トンネルの工事現場で四人の黒人の男がはっきりした面接を受けたことさえ（春にはもっと多くを採用するという約束がなされた）、この不毛で厳しい年の暮れの、冷たい万力の力を打ち破ることはできなかった。

ある朝クリスマスがやってきて、切れない斧のように——あんまり使い古してスパッとは切れないが、打撃が大きすぎて無視できない――みんなの神経をずたずたにした。子供たちは角膜が白く濁った眼をして、きいきいきしるベッドの上か、ストーヴのそばのわらぶとんに横たわり、咳の合間にペパーミントやオレンジを吸っていた。その間、彼らの母親は、ストーヴの火があまりに小さいのでふくれあがってこないケーキと、丸まった男たちのからだに腹を立てて、床の上で足を踏み鳴らしている。男たちは、リオネル電車や、太鼓や、ママー人形や、ゆり木馬がないため、急に生じた静けさに向かいあうよりは、むしろ一日を寝て暮らすほうを選んだからだ。十代の子供たちは、午後こっそりエルミラ劇場にしのびこみ、テックス・リッター（ハリウッドの俳優）を眺めて、なすこともなくベッドの下であくびをしている父親の靴の姿を忘れた。彼らのうち何人かは、ワインのびんをもちこんでいた。彼らはそれを、きらびやかなリッター氏の足もとで飲んだあげく、すさまじい騒ぎをひき起こしたので、支配人が彼らを劇場の外へ追い出さねばならなかった。氷砂糖と古着の入ったクリスマスの贈り物袋をもって訪れた白人たちは、こうした少年たちのすねた口から「ハイ奥サマ、アリガトウ」という言葉を引き出すのに、大変な苦労をした。

　十月に氷がぐずぐずと居すわっていたように、十二月の無力感もなかなか去ろうとはしなかった――そのため、一九四一年の最初の三日間がもたらした安堵は、大変なものだった。まるで冬が消えてなくなったかのようだった。一月一日には気温は華氏六十一度まで上がり、一夜で白一色をぬかるみに変えたからだ。一月の二日には、野原のところどころに暗褐色の草地が見られるようになった。一月三日には太陽が顔を出し――それにつれて、シャドラックも、ロープとカウベルと子供っぽい埋葬歌を抱えて顔を出した。

シャドラックは小さな月を眺めて前の晩を過ごした。彼の伽《とぎ》をする人々や声は、ますますまれになった。今では長いこと、木々をわたる風の音や、トチの実が地に落ちる音よりほかに、何も聞かないことが多くなった。冬、魚を捕らえるのがむずかしくなってくると、彼はちょっとした商売人の半端仕事をして(誰も、自分の家や家の近所ですら彼をやとおうとは思わなかった)、それによって充分な酒代は稼いでいた。だが、酔っぱらい方は前より深くなってきたものの、度数は少なくなった。その様子は、まるで何だったか思い出すこともできないあることを忘れるために、酒を飲む必要はもうなくなったとでも言いたげだった。今ではもう、自分が何かを忘れてしまったのかどうかさえ思い出せなかった。おそらくそのために、フランスの戦場でのあの冷たい日以来はじめて、彼はほかの人々がまわりにいないことをさびしく思いはじめたのだろう。さびしさがわかるようになったのは、シャドラックが充分回復した証拠だった。以前さびしさを感じたことがあったとしても、彼はそれに気づかなかった。彼が立て続けていた音や、怒号や、忙しさが、さびしさを知る妨げになっていたからだ。今では、何かをしなければならない、川辺で楽しく魚釣りをしていない時間は埋めなければ、という強迫観念は衰えている。ときどき彼は、酔っぱらう前に眠ってしまったし、一日中、川と空を眺めて過ごすこともある。そしてしだいに、小屋の掃除をするという軍隊で身につけた習慣をやめるようになった。一度一羽の小鳥がドアから飛びこんできたことがある――コマツグミがペストのように襲来したときの一羽だった。その鳥は、出口を探しながら、一時間くらい部屋のなかに留まっていた。鳥が窓を見つけて飛び去ったとき、シャドラックは悲しみ、実のところその鳥が帰ってきてくれないかと、ずっと待っていた。そして、それを待っている間、彼はベッドも整えなかったし、掃除もしなければ、ぼろ布を編んで作った小さな敷物のほこりを叩き出しもしなかった。一日が過ぎ去るごとに、カレンダーを魚ナイフで消していくことさえ、ほとんど忘れかけた。やがて彼は、また家事を始めはしたが、いつもかたくななほど守り続けていた几帳面《きちょうめん》なやり方はもう見られなくなった。彼の家が乱雑になればなるほど、さびしさは増し、下士官や、当番兵や、侵略軍をありありと思い浮かべることはますますむずかしくなった。砲火の音を聞き、タイミングよく歩兵小隊を前進させることも、ますますむずかしくなった。今では前にもましてたびたび、かつてこの家にも一人の客が訪れたことを証拠だてる紫と白の子供用のベルトを眺め、それを愛撫した。少女が彼に会いに来たとき、残していったベルト。シャドラックは、そのときの情景をはっきりとおぼえている。彼がドアからなかへ踏みこむと、涙で汚れた顔が、振り向いて彼を見上げた。傷ついた、もの問いたげなまなざし、何か問いかけようという努力であいた口。彼女は――彼に――何かを求めていた。魚でもなく、仕事でもなく、彼だけが与えることのできるものを。彼女の目の上にはおたまじゃくしがいて（それがあるおかげで、彼女が友だちだということがわかったのだ——大好きな魚のしるしをつけていたのだから）、三つ編みにした髪の一方はほどけていた。しかし、彼が彼女の顔を見たとき、その下にあった頭蓋骨も目に入った。それで、彼女もそれを見たのだと思い——頭蓋骨がそこにあることを知って、こわがっているのだと思い——彼は何か慰める言葉、彼女の眼からこぼれ落ちる痛みをせきとめるものを見つけようとした。それで彼は、「ずうーっと」と言ったのだ。そのように言えば、彼女が変化を——皮膚がはげ落ち、血が滴り、流れ、その下の骨が露出することを——恐れなくてもすむと思ったのだ。彼は、彼女に永続的なものを納得させ、保証するために、「ずうーっと」と言ったのだった。

その言葉は効果があった。彼がそう言ったとき、彼女の顔はあかるくなり、傷ついた表情が消えたからだ。それから彼女は、彼の思いやりを抱いて走り出ていったが、ベルトがすべり落ち、それを彼は記念品としてとっておいた。ベルトは、ベッドのそばの釘にかかっている——この長い年月のあとで、すり切れもせず、汚されもせず、ただ長い間釘にかかっていたため、布地にいつまでもとれない曲がり目ができただけだった。この訪問者、たった一人の客の形見といっしょに暮らすのは、楽しいことだった。それからしばらくして彼は、ベルトをあの顔、ときおりボトムの丘の上で見かける目の上におたまじゃくしのいる顔、と結びつけることができるようになった。彼の訪問者、彼の仲間、彼の客、彼の社交生活、彼の女、彼の娘、彼の友だち――そうしたものがみんな、そこの、ベッドのそばの釘の上にかかっていた。

いま彼は、氷に閉ざされた川のはるか上にかかった小さな月を眺めている。彼のさびしさは、どこか足首のあたりまでずり落ちていた。ほかの感情が彼に取りついていたからだ。彼の目に触れて、まばたきさせる感情が。彼はもう一度彼女を見たのだが、あれは数ヵ月前だったろうか、数週間前だったろうか？　ホッジスさんのために落葉をかき集める仕事をしていた折、彼は落葉を入れるためのブッシェルかごを二つ取りに地下室に降りていった。廊下を通るとき、一つの小部屋に通じるドアが開いているのを見た。彼女はそこのテーブルに横たわっていた。たしかに同じ娘だった。同じ少女っぽい顔、目の上の同じおたまじゃくし。だから、彼は今までずっと間違っていた。ひどく間違っていた。「ずうーっと」ということなど、まったくありはしない。顔見知りの誰かが、もう一人死んでしまったのだ。

ロープを引きずり、カウベルを鳴らして歩いた過去何年間の努力は、まったく無益だったという疑いを感じはじめたのは、ちょうどこのときだった。いつまでも川のほとりにすわって、窓から月でも眺めていたほうがましだった。

しかし、毎日毎日消していったカレンダーで、明日がその日であることがわかった。そして、はじめて出かけたくないと思った。彼は、紫と白のベルトといっしょに家にいたかった。行くまい、行かないことにしよう。

それでもなお、朝になって信じられないほど明るい陽光がさんさんと照りはじめたとき、彼は必要な道具をまとめた。彼は午後まだ早いうちに、陽光を浴び、人々に自分たちの人生をきれいに気持ちよく終わらせるよう呼びかけるのはこれを最後にしようと固く心に決め、ぐらぐらする橋を渡ってボトムに入っていった。しかし、このときの行為は、心からのものではなかったし、情のこもったものでもなかった。今の彼には自分が人々の助けになっていようがいまいが、そんなことはもう気にならなくなっていたからだ。ロープはぞんざいに結んであり、カウベルはブリキのような、冴えない音がした。彼の訪問者は死に、もう二度と来はしないのだから。

何年も後になって、人々は誰が最初に行列に加わったのか、たびたび言い争った。たいていの人が、デューイ兄弟だったと言ったが、もっとくわしい事情を知っている者も一人か二人いて、デシーとアイヴィが最初だったと言った。デシーが最初にドアを開けて、戸口に立ち、目の上に手をかざして陽光をよけながら、シャドラックが道を歩いてくるのを見ていた、と言った。彼女は笑った。

たぶん陽光のせいだろう。あるいは、丘の上に見えていた緑色の柔らかい固まりが、あまりにも多くのことを約束していたためか。ひょっとしたら、シャドラックの陰気で宿命的なカウベルが、あの明るく快い陽光のなかできらめくという対照のせいかもしれないし、また、一度だけ、ほんのちょっとの間、恐怖を忘れたため、陽光のなかに死の影を見ても怖くなかったためかもしれない。とにかく彼女は笑ったのだ。

二階でアイヴィが彼女の笑い声を聞き、何が原因で、隣人があんなに胸をゆすって不粋《ぶすい》な大声をあげているのか見ようと顔を出した。それから、アイヴィも笑った。あらゆる人にとりついていて、みんなをがりがりにやせ衰えさせた猩紅熱のように、笑いがカーペンターズ・ロード中に伝染した。まもなく、子供たちがくすくす笑いながら躍り出てきたし、男たちもポーチに出てくつくつ笑った、シャドラックが最初の家のところまで来ると、そこには嬉しそうな顔がずらりと並んでいた。

彼らは、それまで一度も笑ったことはない。いつもはドアを閉め、日除《ひよ》けを下ろし、道で遊んでいる子供たちを家に呼びこんだ。この浮かれように出会って彼は驚いたが、習慣は変えなかった——いつもの歌を歌い、カウベルを鳴らし、しっかりとロープを握って。すばらしい歯をしたデューイ兄弟が七番地の家から走り出て、まごついているシャドラックのまわりで、ちょっとしたジグを踊り、それから、彼の歩き方、歌、カウベルの鳴らし方の乱暴なもののまねを始めた。このときにはもう、女たちは腹を抱え、男たちはひざを叩いていた。ポーチからころがるように降りて来て、彼のうしろについて行進をした——実際に行進をしたのだ——のは、いつも氷を食べるジャクソンさんのおかみさんだった。その有様があんまり滑稽《こっけい》だったので、人々はそれをすっかり見ようと道路まで出て来た。このようにして、パレードは始まった。

誰も彼もが、つまり、デシー、タール・ベイビー、パッツィ、バックランド・リードさん、ティーポットのママ、ヴァレンタイン、デューイ兄弟、ジャクソンさんのおかみさん、美容院の女主人アイリーン、リーバ、ハロッド兄弟や大勢の十代の子供たちが、ムードに乗って、笑ったり、踊ったり、お互いに呼びかけあったりしながら、シャドラックのうしろについてパイド・パイパー（ねずみを退治したのに、大人が約束を守らなかったので子供たちを山中に隠してしまったハメルンの笛吹き男）の一隊を形作った。約二十人から成る最初のグループの人々が、もっと多くの家の前を通りすぎるとき、戸口に立っている人々や、窓からのぞいている人々に、合流するよう呼びかけた。ヴェールにできたこの細い裂け目をもっと拡げ、気づかいから、体面から、重苦しさから、過去何年もの間からだをしめつけてきたあのおとなの苦しみの重圧からの猶予をもう少し長引かせる手助けをするよう、呼びかけた。外に出て、陽光のなかで遊ぼうと、呼びかけた——あたかも晴れた日が長続きするかのように、また、本当に希望があるかのように。希望といっても、それは彼らが、ほかの農夫に代わって豆摘みを続け、いつもの言葉通り最終的に村を出ることを思い止まり、他人の泥のなかにひざまでつかり、他人の戦争のことで興奮し、白人の子供たちのことを心配し、いつかは魔法のような〝政府〟が彼らを、その泥、その豆、その戦争から引き上げ、引き抜き、引き離してくれると信じ続けてきた希望と寸分違わないものだったけれど。

もちろん、一部にはエレーヌ・ライトのように参加しようとしない人もいた。彼女は、この大騒ぎをいかにも彼女らしい軽蔑の目で眺めた。また、参加者たちを踊り狂わせているのは悪霊のせいだと感じた人々、彼らが一体となって歌っている間も背中を曲げて田畑で働いているすべての家族に思いを馳せた人々、ちょうどこのような陽光を浴びて行なわれた川での浸礼式の、うっとりするような感動をはっきりおぼえていた人々は、この風変わりな騒動、その愚かな示威《じい》行進の意味がわからなかったので、参加を拒《こば》んだ。

それにもかかわらず、ますますふくれあがる群衆の上に陽光はさんさんと降り注ぎ、行列は気取って歩いたり、はねまわったり、練り歩いたり、足を引きずって歩いたりした。彼らが歩道の始まりのところへ着いたとき、そこで立ち止まり、引き返そうと決心した人人もいた。妖精《バンシー》のように大声をあげて、町の白人地域に入りこむのが、あまりに気まりが悪かったからだ。しかし、このような気が弱い人々は、もっと気が強い連中から侮辱され、見捨てられて、そのうち三、四人が勇気を出してさらに前進した。こうして、行列は踊りながら、ウルワース百貨店や古い鶏肉マーケットの前を通って大通りを下り、右に折れて、ニュー・リヴァー・ロードのほうへ動いていった。

歓喜と興奮の熱っぽい気分に包まれていた人々は、トンネル工事の入口のところに、陽光をうけてダイヤモンドのように見える氷の下で、材木や、煉瓦や、鋼鉄製の横梁や、異様な針金の門などがきらめいているのを見た。最初その光景が目をくらませたので、彼らは急に静かになった。かざした手で陽光をよけた眼が、一九二七年以来彼らの希望がかかっていた場所を、ずっと眺めわたした。そこには、若葉のうちに枯れてしまった約束があった。治療をしていない歯、掛け売りを停止されて手に入らなかった石炭、放ったらかしの胸の痛み、買ってやれなかった学生靴、灯心草をつめたマットレス、こわれたトイレ、傾きかけたポーチ、やとい主の歯切れの悪い言葉と、驚くほど子供っぽい悪意。すべてが、そこの燃えるような陽光に照らされ、急速に水になっていく氷のなかにあった。

レイヨウのように彼らは小さな門——犬や、ウサギや、迷い子だけを入れないようにするために作られた針金のバリケード——を跳び越え、怒り狂った、若い、タフな連中に扇動されて、長い木材や、細い鉄の横梁を拾いあげ、大きく口をあけた釜のなかに入れて自分たちの手で焼くことはけっしてなかった煉瓦を打ちこわし、彼らが混ぜ合わせたこともなければ、運搬することさえ許されなかった石灰岩の袋を割き、針金の網を引きちぎり、手押し車を引っくりかえし、差し矢（岩石落下を防止するため坑道の天井などに張る厚板）を土手からころがし落とした。すると、それは、氷にとざされた川のはるか彼方《かなた》をぷかぷか漂っていった。

老いも若きも、女も子供も、足の不自由な人も元気な人もいっしょになって、彼らは自分たちが建設することを禁じられたトンネルをできうるかぎり上手に破壊した。

なかまで入るつもりはなかった。実際にトンネルの入口より奥に入るつもりはなかったのだが、すべてを、トンネルのありったけをこわし、細い腕をしたヴァージニアの少年たち、猪首《いくび》のギリシア人、それから約束をはねつけて若葉のうちに枯らしてしまった、ナイフのように尖った顔をした男たちの仕事を、どうしても地表からぬぐい去ってやりたいという思いに駆り立てられて、彼らは入りすぎた。あまりに深く、あまりに遠くまで……。大勢の人がそこで死んだ。今では暖かくなってゆるんだ土が動いたのだ。最初の差し矢が抜け落ち、トンネルの表面からぐらぐらしていた岩が落ち、構盾《こうじゅん》が崩れた。彼らは自分たちをそこまで連れて来てくれた太陽を奪われ、水攻めの部屋に入っていることがわかった。最初の割れ目ができ、そこからしゅーっと水が入ってきたとき、よじ登って外へ出ようとする争いがあまりにすさまじかったので、みんなを何とか助けようとした人々まで引きずり落とされて、死んだ。鉄の横梁と木材の固まりに押しつけられた少年たちは、酸素が彼らを見棄てて水と合流したとき、窒息して死んだ。トンネルの外側では、なかに入らなかった人々が、氷が割れ、足の下で大地がゆれ動くのを、恐怖に駆られて見つめていた。百ポンド以下の体重しかないジャクソンさんのおかみさんは、土手をすべり落ち、大きく口をあけたまま、氷のなかに呑みこまれた。一生の間、あれほどほしがっていた氷のなかに。ター・ベイビーも、デシーも、アイヴィも、ヴァレンタインも、ハロッド家の男の子も、エイジャックスの何人かの弟も、デューイ兄弟も（少なくとも、そういう話だ。彼らの遺体は全然見つからなかったけれど）——みんな、そこで死んだ。バックランド・リードさんは助かり、パッツィと彼女の二人の男の子も助かった。同様に、落ちるほど近くへ寄らなかった人や、臆病なためまだでき上がっていないトンネルに入るのをいやがった人たちが、十五人か二十人ほど助かった。

そしてその間中、シャドラックはそこに立ちつくしていた。いつもの歌やロープはすっかり忘れて、土手の高いところに突っ立ち、カウベルだけをひたすら鳴らし続けていた。

1965

一九六五年になると、事情はずっとよくなった。あるいは、そういうふうに見えた。下町に行くと、十セント・ストアのカウンターのうしろで、黒人が働いているのを見ることができた。ときには、レジスターの鍵を首にかけ、お金を扱っていることさえある。また、中学校では、黒人の男の教師が数学を教えた。若い人々は、みんなが新しいという雰囲気を身につけていたが、それがネルにデューイ兄弟のことを思い出させた。あの後、デューイ兄弟を見つけた人は誰もいない。ひょっとしたら、彼らは遠くへ行き、その土地に慣れ、首にレジスターの鍵をつるして十セント・ストアで働いている若い人々のなかで大きくなったかもしれないと、ネルは考えた。

彼らはまったく違う。この頃の若い人たちは。四十年前の彼女がおぼえている頃とは、まったく変わってしまった。

ほんとに、一九二一年には美しい男の子が何人もいた！　そんな男の子で、全世界の縫い目がほころびそうに見えたくらい。十三、十四、十五くらいの男の子。ほんとに、あの子たちはすてきだった。L・Pや、ポール・フリーマンや、彼の弟のジェイク、スコットのおかみさんの双子——それから、エイジャックスには、弟の一団体があった。彼らは屋根裏の窓からぶら下がり、車のフェンダーの上に乗り、石炭の配達をし、メダリオンに越してきては去ってゆき、いとこを訪ね、鋤《すき》で耕《たがや》し、重いものを運び、教会の石段の上にたむろし、学校の運動場でからだを片方に傾けながら走っていた。太陽が彼らを暖め、月光が彼らの背をすべり落ちた。ほんとに、一九二一年には、この世は美しい少年たちでみちあふれていたものだったのに。

いまの子供たちとはまったく違う。何もかも変わってしまった。あの頃は、娼婦でも今よりはよかった。タフで、太って、頬に火傷のあとがあるよく笑う女たちで、機知と意地悪さがひとつになっていた。また、きまった男をもたず、養わなければならない八人の子供を抱え、森のなかの小さな家にひっそりと暮らしていた後家さんたちもいた。こうした女たちにくらべると、この頃の娼婦は青白くって、退屈だ。まるで気が狂ったように着るものだけに執着する、けちなこの女たちは、いつも金に困ってぴいぴいしている。根性がくさっているのに、けっこう恥ずかしがっている。恥知らずということがどんなことかわかっちゃいないんだ。彼女たちは、あの森に住む白髪まじりの後家さんたちを見習わなきゃいけない。あの後家さんたちときたら、夕食のテーブルから立ち上がり、子を産む牝馬《めすうま》と同じほどはにかんで、客といっしょに林のなかに歩いていったものだった。
ああ、時はなんて早く飛び去るのかしら。わたしはもう、町のどんな人もほとんど見分けることができなくなった。今では、別の老人ホームができている。この町は、老人たちのホームばかり建て続けているみたい。道路を作るたびに、老人ホームを作るのだから。あんた方は、みんなが長生きするようになったんだって考えるかもしれないけど、事実は老人たちが早く追い出されるようになっただけよ。

ネルはまだ最近できた老人ホームに入ったことはなかったが、今度、そこの何人かの年取った女たちを訪ねる役割が、第五サークルに所属する彼女のところにまわってきた。牧師が定期的にそうしたホームを訪問していたが、サークルの人々は、個人的に訪ねていけば、また喜ばれるのではないかと考えていた。そこには、黒人の女が九人だけ入っている。別のホームに入っていた九人がそっくり越してきたのだ。しかし、白人の女も大勢入っている。白人は、年取った家族の者をホームに入れることで、悩んだりはしない。だが、黒人の場合は、さんざん思い悩むのだ。また、ある人が年取ってひとりぼっちでいるような場合でさえ、ほかの人々が立ち寄っては、床を洗ったり、料理をしてやったりする。彼らは、頭がおかしくなって、どうにも手に負えなくなってはじめて、ホームに入れられる。保護者がスーラのような人間でないかぎり。なにしろスーラは、悪意でエヴァを遠ざけたのだから。たしかにエヴァは頭がおかしかったけれど、監禁する必要があるほど悪くはなかった。

ネルは、エヴァに会ってみたいという気持ちがかなり強かった。彼女が教会の活動を本気で積極的にやりはじめてから、まだ一年足らずしかたっていなかった。こういうことができるのは、子供たちが大きくなって、昔ほど時間も、心のなかのスペースも占めなくなってきたからだ。ジュードが家を出て以来二十五年以上もの間、彼女は自分をささやかな生活に縛りつけてきた。しばらくの間再婚しようと努力したこともあったが、三人の子供を連れた女を引き受けようとする人はいなかった。その上、ボーイフレンドを持つこともうまくやれないたちだった。戦時中は、メダリオンから川を二十マイル下ったところの基地に駐屯中の軍曹とやや長い関係を続けていたが、やがて彼は別の場所へ配属替えになり、すべてが数通の手紙に縮小され――やがて、音信がとだえてしまった。それから、ホテルのバーテンダーもいた。しかし、彼女はもう五十五歳になり、こうした一部始終がどういうことだったのか、おぼえているのもむずかしくなってきた。

ジュードが去ってから、将来はどうなるか見通すには長くはかからなかった。彼女は子供たちを眺め、心のなかで、それがすべてだということを知っていた。彼らが、これからさき愛について知りうるすべてだということを。しかしそれは、ストーヴの上に長いことおきすぎた平鍋のシロップのように煮つまり、ただその匂いと、固く甘いどろどろしたものだけが残って、こすり落とすのが不可能になった愛だった。子供たちの口は早々と乳房の味を忘れ、何年も前から母親の顔に視線を留めず、いちばん近い空の拡がりを見るようになったからだ。

その間に、ボトムは崩壊した。戦争中金をもうけた人々はみんな、できるだけ谷間に近いところに引っ越し、白人が、川下も、川の両岸も買い占めて、メダリオンの町を川岸の二本の紐のように引きのばそうとしていた。もはや上のほうのボトムに住んでいる黒人はあまりいなかった。白人たちがボトムの高いところにテレビ局の尖塔を建てかけており、ゴルフコースか何かができるという噂もあった。とにかく、今では丘の土地のほうに高い値がついて、戦争直後や五十年代に下へ引っ越した黒人たちは、たとえ元のところへもどりたくても、帰ることはできなくなった。川の曲がりのところや、カーペンターズ・ロードの取りこわされていない何軒かの家にまだごちゃごちゃと固まりあって住んでいるわずかな黒人を除いては、裕福な白人の家族だけが丘の上に家を建てていた。ちょうどそんなふうに、白人たちの考え方も変わり、谷間の土地を独占する代わりに、今では、川がよく見え、ニレの木立が輪を描く丘の上の家をほしがった。黒人たちは、外見は新しくなったにもかかわらず、谷間に住むか、さもなければ町を去って、丘のほうは誰であれ関心をもつ人々にまかせてしまおうと熱心に望んでいるように見えた。それは悲しいことだった。ボトムは本当にいいところだったから。若い人々はたえず生活共同体《コミュニティ》という言葉を口にしていたが、丘を、貧しい人や、年寄りや、頑固な人間や――それから富裕な白人たち――にまかせてしまった。たぶん、そこは生活共同体ではなかったのだろうが、住むにはふさわしいところだった。今ではもう、住むにふさわしいところなんてどこにも残されてはいない。ただ、別々のテレビと別々の電話がある別々の家があるだけで、お互いに訪ねあうことはまれになってきた。

歩いて町へいくとき、ネルが考えるのはいつも同じ、こういうことだった。ネルは、最後の正しい歩行者のひとりで、車がそばを走りぬけるときには、きちんと路肩を歩いた。子供たちにはよく笑われたが、彼女はいまだに、行きたいところにはどこでも歩いて行った。車に乗るのは、天候の加減でどうしても乗らなければならないときだけだった。いま彼女はまっすぐ町を通り抜け、いちばん遠い外れで左に曲がり、先のほうでは田舎道に変わる並木道を通って、ビーチナット・パークと呼ばれる墓地を通りすぎた。

彼女が老人ホームのサニデイルに着いたときはもう四時で、肌寒くなりかけていた。彼女は、そこの老人たちといっしょに腰を下ろし、しばらく足を休めることができたら嬉しいと思った。

受付にいた赤毛の婦人が彼女にパスを渡し、もっと小さなドアが並んでいる廊下へ通じるドアを指さした。そこは、彼女が想像するところでは、大学の寮に似ている。ロビーは豪華で――近代的だった――が、彼女がのぞいた部屋は、貧弱な緑の鳥かごのようだった。

どこにもたくさんの光がありすぎる。少しばかり影が必要だった。廊下に沿った三番目のドアには、エヴァ・ピースと読める小さな名札がかかっている。ネルはノブをひねり、同時にドアをほんの少しノックした。それから、ちょっと耳をすませてから、ドアを開けた。

最初彼女は、自分の眼が信じられなかった。テーブルを前にして、黒いビニールの椅子にすわっているエヴァは、非常に小さく見えた。どっしりした様子はすっかりなくなり、身長もなくなっている。かつては美しかった脚には靴下もなく、スリッパをつっかけているだけだった。ネルは泣きたかった——エヴァのミルク色にどんより濁った目や、しまりのないくちびるのためではなく、半世紀以上もの間、いつもきっちりしたみごとな編上靴をはいていた、かつての誇り高い足が、今では、ピンクのテリークロス（テリ織りともいい、けばを輪にして織り出した厚地の布）のスリッパにだらしなく突っこまれているために。

「今日は、ピースさん。わたし、ネル・グリーンです。ちょっとお訪ねしてみましたの。わたしをおぼえているでしょ？」

エヴァはアイロンをかけながら、階段の上の吹き抜けのことを夢見ていた。彼女はアイロンも、アイロンをかける服も持ってはいなかったが、ネルのあいさつがわかったときでさえ、念入りなひだのたたみ方や、しわをのばす動作をやめようとはしなかった。

「こんちは。かけなさい」

「ありがとう」ネルは、小さなベッドの端に腰をおろした。

「きれいな部屋。ほんとにきれいな部屋だわ、ピースさん」

「おまえさんは今日、おかしなものを食べたんじゃないのかい？」

「えっ？」

「チャプスイみたいなものを？　ようく考えてごらん」

「いいえ、そんなもの食べてません」

「違うって？　じゃあ、あとで具合が悪くなるよ」

「だけど、チャプスイなんて食べませんでしたよ」

「おまえさんにそんなことを言ってもらうために、わしがわざわざここまでやってきたと思ってるのかい？　わしは、そんなにしょっちゅう訪ねていくわけにはいかないんだよ。おまえさんは、年寄りを少しは尊敬しないといけないね」

「ですけど、ピースさん。わたしのほうが、あなたを訪ねてるんですよ。ここは、あなたの部屋じゃありませんか」ネルはほほえんだ。

「おまえさんの名前は何て言った？」

「ネル・グリーンです」

「ワイリー・ライトの娘かい？」

「ええ。ほら、おぼえてるじゃありませんか。そうわかると気が楽になるわ、ピースさん。あなたは、わたしと、わたしの父をおぼえてるんですね」

「おまえさん、どういうふうにあの小さい男の子を殺したのか、話しておくれ」

「何ですって？　どの小さな男の子？」

「おまえさんが水のなかに投げこんだ男の子さ。わたしゃ、オレンジを持ってるよ。どういうふうにおまえさん、あの子を水のなかに入れちゃったんだね？」

「わたしは小さな男の子を川に投げこんだことはありませんよ。あれはスーラだったんです」

「おまえだよ。スーラ。どこが違うんだね？　おまえは、あそこにいたじゃないか。おまえ、見てたんだろ？　わしなら、けっして見てなんかいられなかったろうね」

「混同なさってるんですね、ピースさん。わたしはネルですよ。スーラは死にました」

「水のなかは恐ろしく冷たいんだよ。火は暖かいけどね。どういうふうに、おまえはあの子を放りこんだのかい？」エヴァは人さし指をつばで湿して、アイロンの熱さを試した。

「誰がそんなうそ八百をあなたに言ったんですか、ピースさん？　誰が言ったんです？　どうしてあなたは、わたしにうその言いがかりをつけるんですか？」

「わたしはオレンジを持ってるんだよ。あの古くなったオレンジジュースは飲まないからね。混ぜものがしてあるからさ」

「どうしてあなたは、わたしがそんなことしたって言うんですか？」

エヴァはアイロンかけをやめて、ネルを見た。はじめて、彼女の眼は正気に見えた。

「わたしに罪があるとでも考えてるんですか？」ネルがささやき声で言った。

エヴァもささやき返した。「おまえよりよく知ってる人がどこにいるもんかね？」

「あなたが誰に話してるのか、知りたいわ」ネルは無理して冷静に話そうとした。

「プラム。かわいいプラムだよ。彼がいろんなことを話してくれるのさ」エヴァは、明るい、チリチリ鳴るような笑い方をした——少女っぽい、くつくつ笑い。

「じゃあ、おいとまします、ピースさん」ネルは立ち上がった。

「おまえさん、まだ返事してないじゃないか」

「あなたが、何のことを話してるのかわかりません」

「そっくりだよ。おまえたち、二人とも。いつだって、おまえたち、違うところなんてなかったよ。オレンジ食べるかい？　チャプスイよりゃ、おまえのからだにはいいさ。スーラ？　わたしゃオレンジ持ってるんだよ」

ネルは急いで廊下を歩いて行った。うしろからエヴァが、「スーラ？」と呼んでいた。ネルはこの日、ほかの女たちを見舞うことはできなかった。あの女が彼女を動転させたからだ。ネルは受付の婦人の驚いた表情を避けながら、パスを返した。

彼女は外に出て、高まってくる風にたいして、外套の前をしっかり合わせた。いちばん上のボタンがなくなっていたので、手で首もとを押さえた。頭のなかにぽっかり明るい空間ができて、思い出がそのなかにしのびこんできた。

紫色と白の服を着たスーラが、川岸に立って、チキン・リトルをぐるぐる、ぐるぐる振りまわしている。手からすり抜ける前の彼の笑い声と、彼が沈んだあと、すぐその場所が閉じてしまった水。あのとき彼女は、スーラがぐるぐるまわるのを眺め、次にあの小さな男の子が水の上に振りとばされるのを見ながら、いったい何を感じたのだろう？　スーラは、シャドラックの家から帰ってきたとき、泣きに泣いた。しかし、ネルは平静だった。

「ワタシタチ言ワナクチャイケナイカシラ？」

「彼見タノ？」

「知ラナイ。見ナカッタンダト思ウ」

「行コウヨ。彼ヲ連レモドスコト、デキナインデスモノ」

オマエ、見テタンダロ？　という言葉で、エヴァは何を言いたかったのだろうか？　どうして見ないでいられただろう？　彼女はそこにいたのだから。しかし、エヴァは「見えた」とは言わずに「見てた」と言った。「わたし、見てたんじゃない。見えただけなのに」しかし、いずれにしても、それは、これまでずっとあったように、まだそこにあった。あの昔の感覚と、昔の疑問は。チキンの両手がすり抜けたとき、彼女が感じた快感。彼女は何年も、そのことをふしぎだとは思わなかった。「あの事件が起こったとき、どうしてわたしは悲しまなかったんだろう？　どうして彼が落ちるのを見ることが、あれほど快かったのだろう？」

これまでの歳月の間、彼女は、スーラが感情を抑えられないのにたいして、自分の行動が冷静で落ち着いていること、スーラのおびえて恥じている目にたいして自分が同情していることを、心のなかでは誇らしく思っていた。いま、これまで自分が成熟、落ち着き、あわれみと考えてきたものが、実は、喜ばしい刺激のあとにくる平静な気分にすぎないように思われた。ちょうど、チキン・リトルのからだがかきたてた波紋の上を静かに水がふさいでしまったように、満足の思いが歓びを押し流してしまったのだ。

彼女は足早に歩いていた。自分の足がどこを踏んでいるか気をつけてもいなかったので、道のかたわらの雑草の茂みに踏みこんでしまった。ほとんど走るようにして、彼女はビーチナット・パークに近づいた。ちょうどそこに、黒人専用の墓地がある。彼女はなかに入った。そこにはスーラが、プラムとハナ、そして今ではパールといっしょに埋められていた。メダリオンの黒人のならわしにしたがって結婚による姓の変更を無視していたので、それぞれの平たい石には一語しか彫られていなかった。いっしょにすると、それらの墓碑銘は詠唱歌のような感じがする。ピース一八九五年―一九二一年。ピース一八九〇年―一九二三年、ピース一九一〇年―一九四〇年、ピース一八九二年―一九五九年。

それらは死者ではなかった。言葉だった。いや、言葉でさえない。あまたの願いであり、あこがれだった。

これまでの歳月の間、彼女はエヴァにたいして好意を抱いていた。ほかの誰にもまして、あるいはほかの誰にもできないほど、彼女のさびしさや愛する人のない孤独を分かちあってきたと考えていた。結局自分だけが、なぜエヴァはスーラの葬式に出席しようとしなかったのか、そのわけを本当に理解している人間だと思っていた。ほかの人々も、自分たちはそのわけを知っている、つまり、祖母の理由は自分たち自身の理由と同じだと――あれほど多くの苦痛を与えた人に敬意を払うのは、品位にかかわるからだと――考えていた。葬式に行ったネルは、エヴァが出席しようとしなかったのは、誇りや復讐心のためではなく、自分の血を分けた者が土のなかに呑みこまれるのを見たくないという素朴な気持ち、心に耐えられないことは目にも見せまいという決意のためだと信じていた。

しかし、いま、経験したばかりの自分にたいするエヴァの態度、非難の仕方から考えると、今度ばかりは町の人々のほうが正しかったのではないかとネルは考えた。エヴァはたしかに、意地悪だった。スーラがそう言ったことさえあった。エヴァがあんな口のきき方をしなければならない理由は何もない。頭がおかしかろうと、おかしくなかろうと。年取っていようが、その他のどんな理由があろうと。エヴァには自分がしていることはちゃんとわかっていた。いつもわかっていた。彼女は、スーラの葬式にも出てこず、チキン・リトルを溺れ死にさせたのだと、悪意からネルを非難した。ボトム中を駆けめぐっていたのと同じ悪意だった。その悪意がすべての仕草を侮辱に変え、すべての的を外れた微笑を脅迫にした。そのため、スーラが死んだとき、事実上みんなの胸に湧き起こった安堵でさえ、彼らの悪意を和らげて、ホッジスさんの葬儀場に集まったり、教会から花を送ったり、黄色いケーキを焼いたりする気持ちにはさせなかった。

ネルは、自分がスーラを訪ねた日に、ネイサンが寝室のドアを開け、スーラが死んでいるのを発見したときのことを考えた。彼は、スーラの眼が開いていたからではなく、口が開いていたので、彼女が死んでいることがすぐわかったと言った。まるでけっして終えることのない巨大なあくびのように見えた、と言った。彼が通りを横切ってティーポットのママのところに行くと、彼女は知らせを聞き終わって、「ほう」と言った。その言い方は、ちょうど汽車が出発しようとするとき、車掌が叫ぶかけ声に似ていたが、声はずっと大きかった。それから、ちょっとばかりダンスをした。女たちのうち誰一人として、刺し子ぶとん用のはぎ布をくしゃくしゃにしたまま、スーラの家に走って行った者はいない。誰ひとり絞り機にかけた衣類を中途で放り出して、スーラの家に走っていきはしなかった。男たちでさえ、そのニュースをきいたとき、「うーん」と言っただけだった。その日が暮れたが、誰も来なかった。夜が明け、別の日になったが、スーラの亡骸《なきがら》はまだエヴァのベッドに横たわったまま、天井を見つめ、あくびを終えようとしていた。とても変だった。スーラにたいするこのかたくなな気持ちは。というのは、町でいちばんじゃじゃ馬の娼婦だったチャイナが死んだとき（彼女のそれぞれ黒人と白人の二人の息子は、母親が死にかけているることを聞いたとき、「あいつはまだ死んでなかったのか？」と言った）でさえ、あのときでさえ、誰も彼もやりかけの仕事の手をやめて、堕落した姉妹《しまい》を埋葬するため、大挙して繰り出したものだったから。

とうとう最後に病院に電話をかけ、それから死体仮置場、次に警察に電話をかけたのは、ネルだった。そうしたところの人々に来てもらわなければならなかったからだ。そういうわけで、白人たちがこの仕事を引き受けた。白人たちは警察の車《ヴァン》で来て、ハナのときとまったく同じように、遺骸を担架にのせて石段を運びおろし、四本のナシの木のそばを通って、車《ヴァン》へ運びこんだ。警察の人々が質問をしたとき、答えようとする人はいなかった。それで、死んだ女の名前を聞き出すまでに、何時間もかかった。救急車の呼び出しは、カーペンターズ・ロード七番地ミス・ピースになっていたので、姓のほうはわかっていた。だから彼らはそれだけ聞いて、行ってしまった。遺体といっしょに、名前と、住所だけ聞いて。白人たちがスーラを洗い、服を着せ、弔いの準備をして、最後に埋葬しなければならなかった。そうしたことはみんな立派に行なわれた。スーラはかなりの額の生命保険に入っていたことがわかったからだ。ネルは葬儀場まで行ったが、閉じられた棺《ひつぎ》を見てあんまり大きな衝撃を受けたので、わずか数分しかそこにいなかった。

翌日ネルは歩いて埋葬式に出かけ、棺を吊りおろす滑車やバラの花に心を動かされまいとしたが、そこにいた黒人は彼女だけだった。墓地の入口に固まった黒人の一団が見えたのは、ちょうど彼女がうしろを向いて帰りかけたときだった。喪服を着ているわけでもなく、入ってこようともせず、ただそこに待っているだけだった。白人たち――墓掘り作業員や、ホッジスさん夫婦と、その手伝いをした若い息子――が立ち去ったあとになってようやく、ボトムの丘の上から出てきたこれらの黒人たちは、心をおおい隠し、目をわざとかすませてなかに入り、盛りあがった土の上で〈川のほとりにつどわん〉を歌った。この土が、今まで経験したなかでいちばん壮大な憎しみの対象から彼らを切り離したのだ。彼らの問いが、十月の大気を凝り固まらせたかのようだった。川のほとりにつどわん、あのきれいな、きれいな川のそばで？　ひょっとしたら、このときになってスーラが答えたのかもしれない。そのとき雨が降り出し、女たちは、せっかく真っ直にした髪がもとのもくあみになるのを恐れて、草のなかを小さく跳びはねながら走り去ったからだ。

　悲しく、重苦しい心を抱いて、ネルは黒人用の墓地を出た。道をかなり行ったところで、シャドラックと行きちがった。前よりほんの少し毛深くなり、ほんの少し年取ってはいるものの、相変わらずひどく常軌を逸している彼は、夕日を受けて道を急いでいる女を見た。

　彼は立ち止まった。前にどこで彼女を見たか思い出そうとして。だが、思い出そうとしても無理だとわかったので、彼は歩きつづけた。サニディルから少しばかりがらくたを運び出さなければならなかったし、家に着く前にすっかり暗くなってしまいそうだったから。いまではもう長い間、彼は魚を売ってはいなかった。川が魚をみんな殺してしまったのだ。銀灰色のきらめきはもう見られなくなったし、平べったく、目と目の間が離れた、のんびりした表情も、もうなくなった。釣った魚のえらがだんだん動かなくなることもなければ、魚が餌にくいついて釣糸が震えることもなくなった。

シャドラックとネルは、めいめいが過去についてそれぞれ違うことを考えながら、反対の方向に別れていった。二人が、過ぎ去ったことどもを思い出すにつれて、二人の間の距離がしだいに増していった。

突然、ネルは立ち止まった。片方の目がひきつり、ほんの少し熱くなった。

「スーラ?」と彼女は、木々の梢を見つめながらささやいた。「スーラ?」

木の葉がさやぎ、泥が動き、熟れすぎた緑色の果実の匂いがした。柔らかい毛皮のボールが破れ、そよ風のなかのたんぽぽの綿毛のように吹き散った。

「あのころずっと、あのころずっと、わたしはジュードがいなくなったからさびしいのだと思ってたのに」失った者への悲しみが胸を圧し、のどもとにこみあげてきた。「わたしたちは、仲のよい友だちだった」彼女は、何かを説明しようとするかのように言った。

「ああ、ああ、スーラ」と彼女は泣いた。「あんた、あんた、あんたあんたあんたあんた」

それは心底からの号泣――大声で、長いこと――だったが、奥底もなければ、頂《いただ》きもなく、ただいつまでも環を描きつづける哀しみだけがあった。

※この訳者あとがきには、本書の結末に触れる部分があります。

訳者あとがき

本書は一九九三年のノーベル文学賞を受賞したトニ・モリスンの第二作である。彼女は『青い眼がほしい』に続いてこの作品を刊行したとき、自分が作家であることを自覚したという。それだけ自信のある作品だと言っていいだろう。

ステファニー・ディミトラコポーロス（Stephanie A. Demetrakopoulos）はトニ・モリスン論 *New Dimensions of Spirituality* のなかで、おもしろい事実を紹介している。全国女性会議でモリスンについて話した折、聴衆は当然、『スーラ』でなく『ソロモンの歌』を全米批評家協会賞の対象にした委員会の意見に賛成していると思って話したところ、反対が出たので全員の意見を聞いてみると、出席者のうちほぼ百人を占める女性全員が『スーラ』のほうを好んでいたという。正直に言えば、わたしもこの例に洩れない。『ソロモンの歌』は物語性もあり力強い作品だが、『スーラ』のほうが叙情性に富み、心に訴えかけるところが大きいからだ。

『タール・ベイビー』がちょうど出版された頃、モリスンはわたしに「書いていていちばん楽しかったのは『ソロモンの歌』、いちばん難しかったのは『タール・ベイビー』、書くのに勇気が要ったのは『スーラ』よ」と言った。「書くのに勇気が要った」とはどういうことか、わたしはしばらく考えさせられたが、おそらく悪についてかなり独創的な見解を打ち出したため、こうした価値の転換が世間に受け入れられるかどうかあやぶんだからではなかったか、と思っている。では、この作品の主題は何か。

トニ・モリスンは一九八三年に行なったクローディア・テイト（Claudia Tate）とのインタヴューのなかで本書の主題について、こう言っている。「『スーラ』を書くとき、わたしは善悪と友情について書こうと思っていました。……女同士の友情は特別な、ふつうとは違ったものです。そして、『スーラ』より前に、小説の主題として友情を扱ったものはありません」Danille Taylor-Guthrie, ed. *Conversations with Toni Morrison*. Jackson, U P of Miss. 1994. P. 157.

悪については、同じインタヴューの少しあとのほうで、次のように語っている。

わたしは善悪について書いていたとき、西欧的な観点から書こうとは全然思いませんでした。わたしがおもしろいと思ったのは、黒人はあるときには他の人々のように悪に反応せず、この世には悪も当然住むところがあるはずだと考えているように見えることでした。黒人は悪を根こそぎ退治しようとは思わないのです。ただ、それから身を守り、ひょっとしたらうまく操りたいとは思うのでしょうが、けっして殺そうとは思いません。悪は人生のもう一つの局面にすぎないと考えるのです。悪にたいする黒人の態度は、多くの他のことにたいする反応の仕方と通底しているような気がします。両刃の剣みたいなものです。黒人が他の民族にたいして長期にわたる政治闘争を組織するのがむずかしいのは、これが原因の一つになっています。彼らが寛大であって、多くのあらゆるものを受け入れるのも、そのためです。黒人は悪や違いを恐れないからです。悪は見知らぬ力ではなく、違う力にすぎません。わたしが『スーラ』で描こうとしたのは、こういう悪なのです。（同右・168）

つまり、『スーラ』は二人の女性の友情を描いた小説であり、その友情を善悪の視点から考察した、ということになろうか。わたしは、この二つの主題に、もう一つ「愛」を付け加えたい。モリスンの普遍的な探求の対象である愛がゆたかに描かれているからだ。ここで描かれているのは、男女の愛、母子の愛、そして女同士の愛である。では、右に述べた三様の主題はどのように描かれ、どのようにからみあっているのだろうか。モリスンの作品の特徴はいろいろ挙げられようが、なかでも叙情性、幻想性、説話性、重層性などが際立っている。本書もこれらの特徴を遺憾なく発揮しており、右の主題がこれらの衣装に包まれて描かれている。

まず、中心となるのは女主人公のネルとスーラの友情であるが、この二人は十二歳の少女として登場する。作品の背景となるのは、第一次世界大戦後の一九一九年にはじまって、一九六五年にいたる四十四年間。一九二二年に十二歳になっていた二人の黒人少女、ネルとスーラは、「ほっそりしてかわいいお尻をした、やせた鳥の叉骨《ウィッシュボーン》」(78ページ)である。ネルは紙やすりのような薄い色の肌をしているのにたいして、スーラのほうは濃い褐色の肌と大きくおだやかな眼をしている。しかし、スーラをとくに際立たせているのは、一方のまぶたの真ん中あたりから眉毛のほうに広がったあざで、年を取るにつれて濃さを増し、見る人によってそれぞれ違うイメージを現わす。すなわち、茎のついたバラのような形に見え、まむしにも、おたまじゃくしのようにも見えるし、やがては屍灰が取りついているという見方も出るほどだ。二人は小学校の運動場のブランコ越しに運命的な出会いをして、うっとりと共通の幻想に入りこむ。二人とも孤独な少女で、これまで空想のなかに住み、熱に浮かされたような夢のなかでは、自分が興味を抱くものに同じような関心をもち、わが身に劣らず自分のことを気にかけてくれる友だちが現われることになっていた。その夢が実現したため、二人の友情は唐突であると同時に強くはげしいものとなる。

ネルは堅実で、しっかりしていて、強い性格と的確な判断力の持ち主だが、スーラのほうは衝動的で、一つの感情を三分ともちこたえられない情緒的な少女である。また、ネルは常識的で、社会のなかで尊敬と信頼を受ける生き方を心得ているのにたいし、スーラのほうは本能の命じるままに奔放に生きる。このように、二人はまったく相反する性格であるように見えるが、この対照的な性格は反発しあうのではなく相互補完的であり、それがなくては完成しない性質のものである。したがって、二人の対立するように見える性格は、実は一人の人間の両面を表わしていると考えることができよう。

だが、どんな性格であれ、相手のためにわが身を犠牲にできるほど、彼女たちの結びつきは強い。一つの感情を三分と持続させられないスーラですら、あるときネルのためにこのジンクスを破って、自分のからだまで傷つけてしまう。ネルをいじめて楽しむアイルランドの移民の息子たちを前にして、彼女を守ってやろうと意気ごむあまり、自分の指をナイフで削いでしまうからだ。その上、二人は女同士の場合よくあるように、嫉妬することもなければ、競争することもなく、友情に悪意の影を落とすようなところはまったくない。このように、お互いにたいする彼女たちの愛は清純で、希有な思いやりと暖かさにみち、進んで自己犠牲に走り、献身的行為に没頭できるものである。

また、十二歳の彼女たちは「何年も前から、自分たちは白人でもなければ男でもない」ことを知って、このため「あらゆる自由と勝利は禁じられていることを発見していたので、将来自分たちがなりたいと思う何かほかのものを作り出そうとしていた。」（78）このように、ごく若いときから二人は人生を主体的に生きようと心を決め、生を探求する心構えを固めている。ネルのほうは、白人専用車を通り抜けたことを咎められ、白人の車掌にたいしてへつらいの微笑を浮かべる母親のような愚かしい人生態度は取るまい、「わたし自身」になろうと心を決めるのにたいして、スーラのほうは、セクシュアリティを中心においた実験的な生涯を送ろうと決心する。この意味では、『スーラ』は二人の少女の生の探求の物語であり、二人の成長と人生を語る一種のビルドゥングズロマンとも言えよう。

こうして、二人は遊ぶときも、成長の過程で思春期の衝動をおぼえるときも、男に関する性の探険も共同で行ない、あるときは罪さえ共有してしまう。罪は二人を背反させるのではなく、かえって絆を強化するかに見える。

しかし、やがて大人になってネルが結婚して家庭を築くと、この友情も破綻する。というのは、ネルの結婚後十年間放浪生活を送ったスーラが帰郷して、ネルの夫を誘惑して棄てるからだ。夫はネルを棄てて家を出ていき、ネルはスーラを許すことができず、掃除係やホテルのメイドをして子供を育てながら、夫と親友の両方を失ったさびしい生活を送る。スーラが死ぬ直前、ネルは博愛心からスーラを見舞い、ようやく本音の話しあいをしはじめるが、理解しあわないうちに死によって永久に引き裂かれてしまう。だが、スーラの死後二十年経って、夕映えの道を歩いているとき突然、彼女はいままで夫の不在をさびしいと思っていたのに、実はスーラを失ってさびしかったことに気づいて、胸の張り裂けそうな喪失の悲しみをおぼえる。このシーンは美しく、哀切で、感動的だ。

モリスンは、この小説でも例によって、二人の女主人公の性格を明らかにするため、二〜三代昔にまでさかのぼってそれぞれの家系を描いているが、これは少女時代の決心にもかかわらず、二人が大人になって家庭を築くようになると、両親の生き方を踏襲するようになる伏線と見ていいだろう。ネルの母親はニュー・オーリンズの娼婦の娘として生まれたため、祖母の教育もあって、できうるかぎり母親とはかけ離れた、敬虔で、保守的な、そして多少偽善的な生活を送る女性になっている。それにたいして、スーラの育ったピース家の女たちは、男にたいする愛を受け継いで、官能的で快楽的な生活を送っている。こうした家庭環境の影響もあって、ネルは幼いときの事件をきっかけに、母の娘でもなく、ネルでもない「自分自身」になろうと心を決めたにもかかわらず、家庭をもつと、母親と同じように、社会の定めた通りの模範的な生活を送る女になってしまう。

これにたいして、スーラは変幻自在の流動的な存在で、ピース家のセクシュアリティの伝統をゆたかに受け継いでいる点でも、ライト家のネルとは大きく違う。モリスンが愛を描いているのは、主としてピース家の女たちを通してである。まず、スーラの祖母のエヴァは、いわゆる女系黒人家族の堂々たる女家長だが、彼女のような強い性格と魅力をもった女性は、アメリカ文学のなかでも希有な存在であろう。

エヴァは、その名の如く原初的な女の精髄をもった女性である。彼女の生活は徹頭徹尾愛に貫かれているが、その愛は報われない。この意味では、『スーラ』に描かれている愛はすべて、多少とも行き違いの運命を担っていると言える。最初にエヴァがわたしたち読者に見せる顔は、夫から棄てられたみじめな妻であり母としての顔だ。夫のボーイボーイは、五年間の悲しく不満な結婚生活のあとで、三人の幼児と一ドル六十五セントを残して家を出ていった。彼はしたい放題のことをする無責任な男で、いちばん好きだったのは女遊び、二番目に好きだったのは酒を飲むこと、三番目は妻の虐待というろくでなしである。エヴァは隣人たちの好意にすがってかろうじて子供を育てていたが、ある日、隣人に子供をあずけて家を出ていき、十八ヵ月目に片足になってはいたものの、さっそうとした姿で故郷へ帰ってくる。脚を失った理由は推測することしかできないが、噂では、保険金をもらうために汽車の下に足を突っこんだと言う人もいれば、一万ドルで病院に足を売ったのだと言う人もいる。いずれにしても、彼女が生活のために足を失ったことはたしかだろう。しかし、義足などで片足の欠如を隠そうとはせず、残った美しい足に深い編み上げ靴をはき、大勢の男をそばに侍らせて、女王然とした生活を送る。やがて、ボーイボーイに再会したエヴァは、これから先、自分が彼にたいする憎しみを人生の支えにして生きてゆくだろうことを自覚する。この憎しみのはげしさは、愛の強さと、裏切りの卑劣さ、それに彼女が経てきた苦難の生活に比例していよう。

彼女のもう一つの愛は、子供にたいするものだ。しかし、この愛もはげしすぎて、常軌を逸していると思えるかもしれない。末息子のプラムは第一次世界大戦に参加したのち、戦後かなり経ってから、麻薬中毒の廃人になって帰ってくる。それを発見すると、エヴァは深夜、彼に灯油をかけて焼き殺す。そして、それについて詰問する娘のハナに向かって「あの子はこのわしを、本当に苦しめた」（106）と言う。また、大人になったプラムは母親の子宮に戻りたがっていたが、彼を入れてやる余裕はないので、「男らしく死ねるやり方を考えついた」（108）のだと語る。これは、一見残酷に見える措置だが、エヴァの気持ちからすると、これ以上大きな愛の行為はなかったのだろう。しかし、これが愛だと言いきれるのは、彼女が自分の家という小宇宙に君臨して、自分を神になぞらえているからだ。こうした悪は、黒人にとっては「人生のもう一つの局面にすぎない」（259）のかもしれない。

しかし、弟を殺したのは母であることを悟ったハナは、母が本当に自分たちを愛してくれたのか、いまだに愛しているのかどうか、不安になる。それで、あるとき豆のさやを剝きながら何気なくそれを確かめないではいられない。愛はしばしば確認を必要とするからだ。愛する者、愛される者が、毎日の習慣になっていて何千回何万回繰り返した言葉でさえ、それでもなお、あらためて愛の言葉を必要とするのはこのためだ。しかし、昔かたぎの苦労人のエヴァは、軽々しく自分の愛を言葉にすることができない。この心と言葉の乖《かい》離《り》が悲劇を生む。「もう一度言っておくれ、わしの頭にわかるように」（100）と言われて、ハナのほうもためらい、「（子供のとき）……遊んでくれたことがあったかな、というようなこと」(102)などと月並みな言い方でお茶を濁す。すると、エヴァの手は失った脚の基部に行きかけるが、ためらってスカートのひだを直す仕草をして「おまえが考えてるような仕方では愛さなかったよ」(101)と答える。それから、腹立たしげに言葉を続けて「わしはおまえたちのために生きてきたんじゃないか。おまえのぼんくら頭にはそれさえわからないのか」(104)とどなりつける。エヴァが経てきた苦難と痛みと地獄図絵は、生易しい愛の言葉を超えて、言葉にすることのできないものだ。このやり取りを描くモリスンの筆は秀逸で、エヴァの心の葛藤を痛いほど読者に感じさせる。

だが、ハナには母親の心の痛みがわからない。殺すことが愛の行為でもありえたことが理解できないため、親子の間でそらぞらしい愛の言葉を口にできないエヴァの心の痛みに気づかず、母から愛を否定されたと思い、動転して焚火の事故を引き起こす。愛の不安が死を招くのだ。このハナがある日、何気なく女友だちに語っていた言葉をスーラに立ち聞きされて、娘の深い失意を生み、やがてはチキン・リトルの水死という事故を生むのは皮肉である。こうして、わたしたちは、いかに言葉の齟齬《そご》と愛の不安が重大な結果を招くかを思い知らされる。

では、この作品に描かれた悪はどういうものか。これは、主としてスーラが体現している。先の引用で、モリスンは「悪は見知らぬ力ではなく、違う力にすぎません」(259)と述べている。すなわち、スーラが共同体の人々から見下げられ、悪魔の化身と考えられて、パーリアに成り下がるのは、彼女のおかした殺人の罪ではなく、人々とは違う独自の生き方をしたためだ。チキン・リトル殺しについては、ネルとエヴァのほか誰も知らないからだ。このように爪はじきされる理由の一端はその好奇心にある。まず、母親のハナが焼け死ぬとき、全身火に包まれて痛さのあまり躍っていた母を、スーラは物陰からじっと見つめていたという噂。何でも彼でも経験してみたいという実験的な生き方。これは、主に性的無節操となって表われる。つまり、気に染む男なら相手かまわず試してみたあと、容赦なく棄ててしまうくせ。そして、決定的に共同体の反感を買ったのは、ふつうの黒人のしないこと、つまり白人と寝ているという噂だった。さらにスーラがエヴァを養老院に入れたという事実。それから、彼女の帰郷に伴うコマツグミの大群。このように、彼女が体現しているのは、その行動が他人に害を及ぼすという危険な悪ではなく、社会の慣習から外れているにすぎないことは、注目する必要がある。彼女を見て幼いティーポットが石段を落ちたとか、老人がスーラを見てしゃぶっていた鶏の骨をのどにつまらせて死んだとか、彼女が汗をかかないとか、年齢より若く見えるということなどは、よくある村人たちの捏《ねつ》造《ぞう》にすぎない。しかし、黒人の共同体は彼女を抹殺しようとはせず、放置しておいて、彼女の悪から身を守ろうとするだけである。このとき、共同体の人々の団結が強まり、夫婦や親子の絆は固くなったにもかかわらず、スーラの死後はそれがゆるみ、愛情はささくれだって、ついにはトンネル内の大事故を生むという経緯はおもしろい。

以上のように、『青い眼がほしい』では、社会通念としての美醜の概念を根本から問い直したモリスンは、この作品では、社会通念としての善悪の概念をもう一度考え直そうとしているのである。わたしたちは真実の姿を見つめることをせず、社会通念で人々を裁いていないかどうか、ステレオタイプの基準で他人を弾劾していないかどうか、ある場合には、しきたりと違うことのほうが世のためになっていはしないか、モリスンはこういう反省をわたしたち読者に求めているのではないだろうか。『スーラ』は類いまれな美しい友情の物語でありながら、そのなかに盛りこまれたメッセージはなまなかな感傷を受けつけず、強烈な意識の改革を迫っているように思われる。『スーラ』もまた、モリスンの他の作品と同じく二読三読に耐え、さまざまな解釈を可能にする興味深い作品である。

本書の翻訳は、一九七九年十月に早川書房から『鳥を連れてきた女』という題で出版されたが、今回の再刊に伴い、全面的に改訳した。本書の出版に関しては、早川書房の編集部にたいへんお世話になった。紙面を借りて厚くお礼を申し上げる。

一九九五年六月

文庫版訳者あとがき

今回トニ・モリスンの第二作『スーラ』が文庫版として出版されることになり、再度改訳した。右の一九九五年版の「あとがき」にも書いた通り、この作品は最初『鳥を連れてきた女』という題名で、一九七九年に邦訳が出版された。それからちょうど三十年が経った。

私事になるが、この翻訳に取り組んだのは私が翻訳を始めて間もない頃で、日本ではトニ・モリスンの名前はほとんど知られていなかった。アメリカでもちょうど『ソロモンの歌』が出たか出ないかの微妙なときで、まださほど有名ではなかったと思う。

この最初の版の「あとがき」で、私は新しい黒人文学が誕生したと書いたが、これまでの抵抗と抗議の文学とはまったく違う黒人文学に出会ったという新鮮な驚きと期待に興奮したことを覚えている。抗議の気持ちや怒りがこめられていないわけではない。しかし、外部に訴えかけるというよりは、まず黒人の生活と感情を忠実に描いて、自分たちの生き方を新しい目で見つめ直そうとしていた。

だが、この作家が将来ノーベル文学賞を受賞するとは夢にも思わなかった。いつかテレビで見たインタヴューで、「あなたはご自分を偉大な作家だとお思いになりますか」という質問に対して、モリスンは「はい、ずっと、ずっと前から」と答えていたから、私には先を見通す目が備わっていなかったのかもしれない。いずれにしても、たいへん力のこもった興味深い小説で、翻訳の仕事を大いに楽しんだ記憶がある。しかし、モリスンが日本でよく知られるようになるまでには、長い歳月が流れねばならなかった。

当時と現在の「日本におけるトニ・モリスンの受容」を考えると、まさに地殻変動の感がある。アメリカではモリスンの小説はすべて超ベストセラーだが、日本ではそこまで行かないにしても、研究者、一般読者の数と層は信じられないくらい広がった。ノーベル文学賞が影響しているのは否定できないが、他のノーベル賞作家の受容がかならずしも同じような活況を呈してはいないことを考えると、やはり作品の魅力や、文章の美しさと力強さ、技法の新しさ、訴えかける問題意識の強さを思わないではいられない。何度も言うようだが、モリスンの作品には独特の魅力があり、何度読んでも新しい発見がある。

そして、三十数年前に書かれた『スーラ』はいま読んでも新しく、古い時代を描いていながら古くささはみじんもない。後期の作品には、技法に凝り、あえて晦渋《かいじゅう》、難解な効果を狙ったものがなきにしもあらずだが、最初の三作、すなわち『青い眼がほしい』と本書、

『ソロモンの歌』は、比較的読みやすく、容易に小説の醍醐味を感じ取ることのできる作品である。その原作の味を十分活かしきれているかどうかという点については、訳者として忸怩《じくじ》たるものがあるが、この小説をとっかかりにしてモリスン文学の豊かで魅力に富んだ世界に分け入っていただきたいと切に願っている。

本書の刊行にあたり、早川書房編集部の山口晶氏にたいへんお世話になった。この紙面を借りて厚くお礼申し上げる。

二〇〇九年七月

1973年　第二長篇『スーラ』発表。全米図書賞の候補となる。
1976年　イェール大学の客員講師となる。
1977年　第三長篇『ソロモンの歌』発表。全米批評家協会賞、アメリカ芸術院賞を受賞。著名読書クラブ〈ブック・オブ・ザ・マンス・クラブ〉の推薦図書となる。
1981年　第四長篇『タール・ベイビー』発表。この年、《ニューズウィーク》誌の表紙を飾る。
1983年　ランダムハウス退社。
1984年　ニューヨーク州立大学の教授となる。
1987年　第五長篇『ビラヴド』発表。ベストセラーとなる。各界より絶賛を浴びるが、全米図書賞及び全米批評家協会賞の選考にかからなかったことから、多くの作家より抗議の声が上がる。
1988年　『ビラヴド』がピュリッツァー賞受賞。
1989年　プリンストン大学教授となり、創作科で指導を始める。
1992年　第六長篇『ジャズ』発表。評論『白さと想像力――アメリカ文学の黒人像』発表。
1993年　アフリカン・アメリカンの女性作家として初のノーベル賞受賞。
1998年　第七長篇『パラダイス』発表。『ビラヴド』がオプラ・ウィンフリー／ダニー・グローヴァー主演で映画化。
2003年　第八長篇『ラヴ』発表。
2006年　プリンストン大学から引退。《ニューヨーク・タイムズ・ブックレビュー》が『ビラヴド』を過去25年に刊行された最も偉大なアメリカ小説に選出。
2008年　第九長篇 *A Mercy* 発表。

トニ・モリスン　年譜

1931年　2月18日、クロエ・アンソニー・ウォフォードとして、オハイオ州の労働者階級の家族に生まれる。

1949年　ワシントンD.C.のハワード大学文学部に入学。大学時代にクロエからミドルネームを短くしたトニに変名。

1953年　ハワード大学卒業。英文学の学士号を取得。その後、ニューヨークのコーネル大学大学院に進学。

1955年　コーネル大学大学院で英文学の修士号を取得。修士論文は、ウィリアム・フォークナーとヴァージニア・ウルフの作品における自殺について。卒業後は、南テキサス大学で英文学の講師となる。

1957年　ハワード大学で英文学を教える。

1958年　ジャマイカ人の建築家で大学の同僚ハロルド・モリスンと結婚。その後、二児をもうける。

1964年　離婚。ニューヨーク州シラキュースに転居し、出版社ランダムハウスの教科書部門で編集者となる。

1967年　ランダムハウスの本社に異動となり、アフリカン・アメリカンの著名人や作家による出版物の編集を手掛ける。

1970年　デビュー長篇『青い眼がほしい』発表。批評的成功を収める。

1971年　ランダムハウスに勤務しながら、ニューヨーク州立大学の准教授を務める。

本書は一九九五年六月に早川書房より刊行された〈トニ・モリスン・コレクション〉の『スーラ』を文庫化したものです。

ソロモンの歌

Song of Solomon

トニ・モリスン
金田眞澄訳

〈全米批評家協会賞・アメリカ芸術院賞受賞作〉赤ん坊でなくなっても母の乳を飲んでいた黒人の少年は、ミルクマンと渾名された。鳥のように空を飛ぶことは叶わぬと知っては絶望し、家族とさえ馴染めない内気な少年だった。だが、親友ギターの導きで、叔母で密造酒の売人パイロットの家を訪れたとき、彼は自らの家族をめぐる奇怪な物語を知る。ノーベル賞作家の出世作。

ハヤカワepi文庫
トニ・モリスン・セレクション

悪童日記

Le Grand Cahier

アゴタ・クリストフ

堀 茂樹訳

戦争が激しさを増し、ふたごの「ぼくら」は、小さな町に住むおばあちゃんのもとへ疎開した。その日から、ぼくらの過酷な生活が始まる。人間の醜さや哀しさ、世の不条理――非情な現実を目にするたび、ぼくらはそれを克明に日記に記す。戦争が暗い影を落とす中、ぼくらはしたたかに生き抜いていく。圧倒的筆力で人間の内面を描き読書界に旋風を巻き起こしたデビュー作。

ハヤカワepi文庫

心臓抜き

L'arrache-cœur

ボリス・ヴィアン
滝田文彦訳

成人として生れ一切過去をもたぬ精神科医ジャックモールは、全的な精神分析を施すことで他者の欲望を吸収し、空っぽな心を満たす。被験者を求めて日参する村で目にするのは、血のように赤い川、動物や子供の虐待、人の〝恥〟を食らって生きる男といったグロテスクな光景ばかり……ジャズ・ミュージシャン、映画俳優、劇作家他、20以上の顔を持つ、天才作家最後の長篇小説

すべての美しい馬

All the Pretty Horses

コーマック・マッカーシー
黒原敏行訳

〈全米図書賞・全米批評家協会賞受賞作〉

一九四九年。祖父が死に、愛する牧場が人手に渡ると知った十六歳のジョン・グレイディ・コールは、自分の人生を選びとるため親友と愛馬と共にメキシコへ越境した。ここでなら、牧場で馬と共に生きていけると考えたのだ。だが、彼を待ち受けていたのは予期せぬ運命だった……至高の恋と苛烈な暴力を描く、永遠のアメリカ青春小説

ハヤカワepi文庫

日の名残り

The Remains of the Day

カズオ・イシグロ
土屋政雄訳

人生の黄昏どきを迎えた老執事が、旅路で回想する古き良き時代の英国。長年仕えた先代の主人への敬慕、女中頭への淡い想い……忘れられぬ日々を胸に、彼は美しい田園風景の中を旅する。すべては過ぎさり、取り戻せないがゆえに一層せつない輝きを帯びた思い出となる。執事のあるべき姿を求め続けた男の生き方を通して、英国の真髄を情感豊かに描いたブッカー賞受賞作。

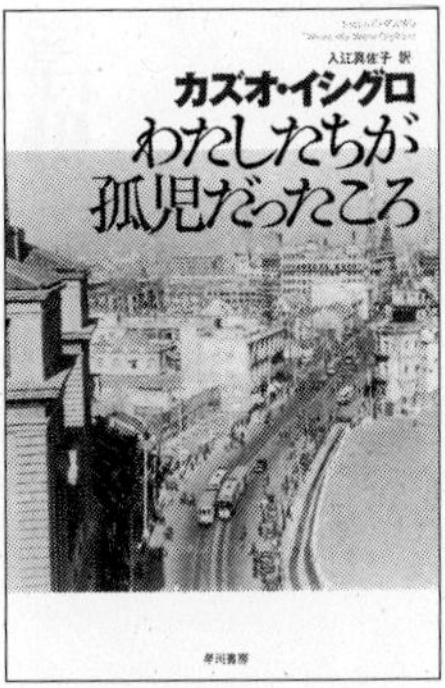

わたしたちが孤児だったころ

When We Were Orphans

カズオ・イシグロ
入江真佐子訳

上海の疎開に暮らしていたクリストファー・バンクスは十歳で孤児となった。貿易会社勤めの父と美しい母が相次いで謎の失踪を遂げたのだ。ロンドンに帰され寄宿学校に学んだバンクスは、両親の行方を突き止めるため探偵を志す。やがて幾多の難事件を解決し社交界でも名声を得た彼は、上海へと舞い戻る……現代英国最高の作家が渾身の力で描く、記憶と過去をめぐる冒険譚

浮世の画家

An Artist of the Floating World

カズオ・イシグロ
飛田茂雄訳

戦時中、日本精神を鼓舞する作風で名をなした画家の小野だが、終戦を迎えたとたん周囲の目は冷たくなった。弟子や義理の息子からはそしりを受け、末娘の縁談は進まない。小野は引退し、屋敷に籠りがちに。すべて自分の画業のせいなのか……。老画家は過去を回想し、自分の信念と新しい価値観のはざまに揺れる。ウィットブレッド賞に輝いた著者の出世作。解説／小野正嗣

充たされざる者

The Unconsoled

カズオ・イシグロ
古賀林 幸訳

世界的ピアニストのライダーは、あるヨーロッパの町に降り立った。「木曜の夕べ」という催しで演奏予定だが、日程や演目さえ彼には定かでない。ただ、演奏会は町の「危機」を乗り越えるための最後の望みのようで、一部市民の期待は限りなく高い。ライダーはそれとなく詳細を探るが、奇妙な相談をもちかける市民が次々と邪魔に入り……。ブッカー賞作家の実験的大長篇。

ハヤカワ epi 文庫は、すぐれた文芸の発信源（epicentre）です。

訳者略歴　1931 年生，早稲田大学大学院文学研究科博士課程修了，同大学法学部教授
著書『アイヴィ・コンプトン＝バーネットの世界　権力と悪』
訳書『青い眼がほしい』『ジャズ』『パラダイス』『ラヴ』モリスン（早川書房刊）他多数

〈トニ・モリスン・セレクション〉

スーラ

〈epi 55〉

二〇〇九年八月十日　印刷
二〇〇九年八月十五日　発行
（定価はカバーに表示してあります）

著者　トニ・モリスン
訳者　大《おお》社《こそ》淑《よし》子《こ》
発行者　早川浩
発行所　株式会社　早川書房
郵便番号　一〇一‐〇〇四六
東京都千代田区神田多町二ノ二
電話　〇三‐三二五二‐三一一一（大代表）
振替　〇〇一六〇‐三‐四七七九九
http://www.hayakawa-online.co.jp
乱丁・落丁本は小社制作部宛お送り下さい。
送料小社負担にてお取りかえいたします。

印刷・中央精版印刷株式会社　製本・株式会社フォーネット社
Printed and bound in Japan
ISBN978-4-15-120055-7 C0197

＊本書は活字が大きく読みやすい〈トールサイズ〉です